Sawus abenteuerliches Leben

Gerhard Müller und Leo Schmidtke

Sawus abenteuerliches Leben

Bibliografische Information der Deutschen Nationalbibliothek
Die Deutsche Nationalbibliothek verzeichnet diese Publikation
in der Deutschen Nationalbibliografie; detaillierte bibliografische
Daten sind im Internet über http://dnb.d-nb.de abrufbar.

© 2008 Gerhard Müller und Leo Schmidtke
Satz, Umschlaggestaltung, Herstellung und Verlag:
Books on Demand GmbH, Norderstedt

ISBN 978-3-8370-3156-0

Inhalt

Vorwort

Sawu war ein schwarzer Junge von 6 Jahren und lebte in einem kleinen Dorf. Sein richtiger Name war **Kasunga Kasawubu** er wurde aber nur **Sawu** genannt. Seine Eltern waren arm und die Familie ernährte sich von den Erträgen aus der Landwirtschaft. Sie besaßen 2 Kühe, eine kleine Ziegenherde und ein Stückchen Land. Zusammen mit seinen beiden Brüdern **Benefiz** und **Wonderful** ,8+10 Jahre alt, sowie seiner 7 jährigen Schwester **Lititia**, wohnten sie in einer mit Stroh gedeckten Rundhütte am Rande ihres Dorfes. Auch die anderen Einwohner des Dorfes waren arm. Da viele Eltern an einer heimtückischen Krankheit gestorben waren, gab es viele Waisenkinder, die von den übrigen Dorfbewohnern mit ernährt wurden.

Die Entführung

Hilfe, Hilfe schrie **Sawu** und rannte so schnell er konnte in Richtung Wald. Sein Vater lief mit einem Stock hinterher und wollte ihn verprügeln. Was war passiert: Er sollte seiner kranken Großmutter eine Schüssel Hirsebrei bringen, stolperte aber und verschüttete den Inhalt. Inzwischen hatte er den Wald erreicht und versteckte sich unter einem Busch. Sein Vater rief: Komm heraus du Lümmel sonst bekommst du kein Abendessen. **Sawu** fürchtete sich aber so sehr vor der harten Bestrafung, dass er lieber auf das Essen verzichtete. Der Vater ging unverrichteter Dinge wieder zurück. Als es dunkel wurde schlich **Sawu** zurück zur Hütte und verkroch sich in seinem Strohsack. Der Zorn des Vaters war inzwischen verraucht und er wurde nicht mehr geschlagen.

Eines Tages kam eine reiche Frau aus einem fernen Land in einer schwarzen Limousine in das Dorf gefahren. Sie hatte von den armen Waisenkindern gehört und wollte ein Kind adoptieren und mitnehmen. Das Dorf sollte dafür viel Geld bekommen um eine Schule bauen zu können. Der Dorfälteste berief eine Versammlung aller Bewohner ein und ließ die Waisenkinder vorführen.

Sawu war natürlich sehr neugierig und stellte sich am Rande der Versammlung auf. Die Frau sah sich alle Kinder an aber so recht wollte ihr keins gefallen.

Da sah sie plötzlich den kleinen **Sawu**, der ihr auf Anhieb gefiel. Den möchte ich haben, sagte sie zum Dorfältesten, der kleine Bursche gefällt mir am allerbesten. Das geht leider nicht antwortete der Dorfälteste, das ist kein Waisenkind und beide Eltern leben noch. Nun sann die Frau darüber nach, wie sie das Kind doch mitnehmen könnte. Insgeheim traf sie sich mit dem Dorfältesten und dem Vater des kleinen **Sawu** und handelte ein böses Geschäft mit den beiden aus. Der Dorfälteste und der Vater bekamen beide eine Menge Geld und so wurde er regelrecht verkauft. **Sawu**, seine Mutter und Geschwister ahnten nichts von dem bösen Abkommen.

Am anderen Tag kam die Frau zu seinen Eltern und sagte, sie möchte den Sohn auf eine Spazierfahrt mitnehmen. Er freute sich, dass seine Eltern zustimmten und er in einem so schönen Auto mitfahren durfte.

Bald merkte er, dass sich das Auto immer weiter von seinem Dorf entfernte und er wurde ängstlich. Die Frau verriegelte das Auto und **Sawu** merkte nun, dass er entführt wurde. Er weinte bitterlich und bat die Frau ihn doch hinaus zu lassen. Die Frau jedoch erzählte ihm er käme in ein schönes, großes Haus in einem fernen Land wo es ihm immer gut gehen würde und er nie mehr zu hungern brauchte. Er aber wollte das alles nicht sondern nur zurück in sein Dorf zu seiner Familie. Er war sehr, sehr traurig und weinte die ganze Zeit.

Inzwischen hatte der Vater seine Familie über den Handel informiert. Alle waren sehr traurig und weinten über das Schicksal des kleinen **Sawu**.

Seine beiden älteren Brüder wollten sich aber damit nicht abfinden. Sie dachten, dass die Frau sich in der nächsten Stadt aufhalten würde und machten sich zu Fuß auf den Weg dorthin. Nach zirka 2 Stunden kamen sie in der Stadt an und sahen sogleich das Auto vor dem einzigen Hotel stehen. Da es inzwischen dunkel geworden war schlich sich der Ältere der beiden, **Wonderful**, in das Hotel um heraus zu finden wo sich ihr Bruder befand. Er sah die Frau im Restaurant sitzen aber allein. Dann fand er heraus, dass sein Bruder in einem Zimmer eingeschlossen war und in einem Bett schlief.

Das Hotelzimmer lag zu ebener Erde und die Fenster bestanden aus dicken Eisenrahmen. **Wonderful** rannte hinaus und informierte seinen Bruder. Dann gingen sie außen an das Fenster. **Benefiz** stieg auf die Schultern seines Bruders und klopfte an die Scheibe. **Sawu** wurde wach, kam sofort an das Fenster. Die alten, schweren Eisenhebel konnte er aber nicht bewegen und daher das Fenster nicht öffnen. Was war zu tun? Plötzlich hörte er Schritte auf dem Flur und legte sich sofort wieder in sein Bett aber die Schritte gingen vorbei. Nun verfiel **Wonderful** auf eine List. Er ging wieder in das Hotel und vergewisserte sich, dass die Frau noch im Restaurant war. Dann ging er zu der Hotelzimmertür und wartete bis ein Hoteldiener vorbei kam. Den sprach er an und sagte, er sollte seinen Bruder ins Restaurant zu seiner Mutter bringen, hätte aber in der Eile den Schlüssel vergessen. Der Hoteldiener öffnete die Tür, sah den kleinen Bruder und schöpfte daher auch keinen Verdacht.

Die Insel

Als der Hoteldiener gegangen war, rannten beide aus dem Hotel und so schnell es ging in den nahen dunklen Wald. Nun konnte er allerdings nicht mehr zurück nach Haus sonst hätte ihn die Frau am anderen Tag wieder abgeholt. Das heißt, er musste fliehen. **Benefiz**, der Jüngere gab ihm noch seine Jacke und Mütze, dann verabschiedeten sie sich unter Tränen voneinander. Die Brüder gingen nach Haus und der arme kleine **Sawu** musste auf Wanderschaft gehen. Zu Haus hatte niemand die Abwesenheit der beiden Jungs bemerkt.

Als die Frau ins Hotelzimmer zurück kam und das Fehlen des Jungen bemerkte, rief sie den Hoteldiener herbei. Der erzählte ihr die Geschichte von dem Bruder der abgeholt werden sollte. Die Frau war außer sich vor Wut und fuhr am nächsten Morgen zurück ins Dorf. Dort wusste man von nichts und die beiden Brüder bestritten alles und sagten sie hätten die ganze Nacht geschlafen. Da niemand von dem heimlichen Handel erfahren durfte brauchte das gezahlte Geld auch nicht zurückgegeben werden. Die Frau verließ wütend das Dorf und sagte sie käme wieder um **Sawu**, wenn er irgendwo wieder auftauchte, zu holen.

Der arme **Sawu** ging nun auf Wanderschaft und kam nach einigen Tagen ausgehungert an einen großen See, den **Malawi-** oder **Njassa See**. Dort am Ufer gab ihm eine Fischersfrau Fisch zu essen so dass sein größter Hunger erst einmal gestillt war. Er fürchtete sich aber immer noch davor, dass die Frau oder von ihr beauftragte Männer ihn finden würden. Plötzlich tauchte am Horizont ein Schiff auf und legte am Ufer an. Von den Fischern hörte er, dass es eine Fähre ist, die zur Insel **Likoma** fährt. Oh dachte er da bin ich sicher dort findet mich niemand. Also schlich er sich heimlich auf die Fähre und versteckte sich zwischen den vielen Kisten. So fuhr er nun hinüber zur Insel und kam auch wieder unbemerkt an Land. Auch auf der Insel gab es Waisenkinder. Er mischte sich unter diese Kinder und bekam auf diese Weise immer etwas zu essen. Am flachen Strand konnte er baden und mit anderen Kindern im Wasser plantschen. Auch half er den Fischern gelegentlich Fische zu zerlegen so dass nebenbei immer einige für ihn abfielen.

Auf der Insel gibt es eine riesengroße Kirche mit einem hohen Turm ganz aus Steinen gebaut (**St.Peter**). Noch nie hatte **Sawu** solch ein Bauwerk gesehen und staunend ging er eines Tages hinein. Drinnen kam ein Priester auf ihn zu und fragte was er in der Kirche wollte. Er fasste Vertrauen zu dem Gottesmann und erzählte ihm seine Geschichte. Daraufhin nahm ihn der Priester mit in sein Haus. Dort konnte er wohnen, kleine Arbeiten verrichten und bekam immer satt zu essen. Da **Sawu** nur seine Muttersprache **Chichewa** eine Bantusprache kannte, fing der Priester an ihn in der englischen Sprache zu unterrichten. So vergingen einige Monate, er fühlte sich dort geborgen und konnte schon ziemlich gut englisch sprechen. Da plötzlich geschah das Unerwartete. Er putzte gerade den Altar sauber, als die Kirchentür aufging und die fremde Frau mit einem Mann herein kam. Blitzschnell versteckte er sich hinter dem Altar. Er hörte wie die Frau zu dem Mann sagte sie hätte erfahren, dass ein kleiner Junge vor einigen Monaten auf die Insel gekommen wäre und sie sei fest überzeugt, dass es **Sawu** ist. Nun wusste er seine Zeit hier ist vorbei und die Flucht geht weiter. Heimlich schlich er wieder auf die Fähre und ging drüben an Land. **Sawu** wollte nun so schnell wie möglich fort aus **Malawi** damit ihn die böse Frau nie mehr finden kann. Einige Fischer, die am Ufer des Sees ihre Netze flickten, sagten zu ihm: Du musst immer am See entlang, nach Süden gehen, dann kommst Du in andere Länder. Also wanderte er los, immer weiter am See entlang. Als es dunkel wurde kam er in ein Dorf und legte sich unter eine Palme. Dort sah ihn ein Mann liegen, ging hin zu ihm und fragte nach woher und wohin. Er antwortete ich bin eine Waise und auf Wanderschaft nach Süden, in andere Länder. Der Mann es war der Medizinmann des Dorfes nahm ihn mit in seine Hütte. Dort erhielt er etwas zu essen und konnte erst einmal ausschlafen. Am anderen Morgen ging plötzlich ein großes Tamtam los. **Sawu** hörte laute Trommeln und sah den Medizinmann und weitere Männer draußen im Kreise herum tanzen. Sie hatten sich verkleidet, trugen bunte Federn an Armen und Beinen und hatten furchterregende Masken vor den Gesichtern.

Der Medizinmann

Auf dem Kopf trugen sie große Hauben, ebenfalls mit langen bunten Federn geschmückt. Rings herum um die tanzenden Männer standen die Frauen und Kinder und sahen zu. **Sawu** stellte sich dazu und eine Frau erzählte ihm, dass das ein Regentanz ist. Es hatte lange Zeit nicht geregnet und nun bitten die Männer die Geister durch ihren Tanz um Regen. Plötzlich ergriff einer der Männer den kleinen **Sawu** und stellte ihn mitten in den Kreis. Alle Männer tanzten nun um ihn herum und er bekam es furchtbar mit der Angst zu tun. Er dachte die wollten ihm etwas Böses antun. Aber dann sprang einer der Tänzer zu ihm hin und sagte er sollte mit ihnen tanzen. So hüpfte er nun mitten im Kreis der Männer herum. Als der Tanz zu ende war, nahm ihn ein Tänzer auf die Schulter und brachte ihn zu der Hütte des Medizinmannes. Dieser saß bereits mit gekreuzten Beinen am Boden. Er hatte aus Tierknochen einen Kreis gebildet und **Sawu** musste sich dazu setzen. Nun warf der Medizinmann verschiedene Dinge in den Kreis. Es waren unter anderem getrocknete Vogelköpfe, Zähne eines Warzenschweins, eine Schlangenhaut und verschiedene kleinere Knochen. Der Medizinmann gab ihm einen Zauberwedel aus gefärbten Straußenfedern in die Hand. Damit musste er über dem Knochenkreis hin und her wedeln.

Der Medizinmann sprach dazu beschwörende Worte und ruderte mit den Armen in der Luft herum. Danach war die Zeremonie beendet. Nun gingen sie beide vor die Hütte und der Medizinmann sprach zu den Dorfbewohnern: Sehet her die Geister haben uns diesen kleinen Jungen geschickt. Das ist ein gutes Omen und wir glauben jetzt fest daran, dass es morgen regnet. **Sawu** war nun entlassen und freundete sich mit einigen Jungen des Dorfes an. Als es Abend wurde ging er wieder in die Hütte des Medizinmannes und schlief auch bald ein. Gegen Morgen plagte ihn ein schrecklicher Traum. »Ein böser Zauberer kam in die Hütte, klapperte mit allen Knochen, packte ihn, nahm ihn mit und warf ihn in den See«. Durch das Wasser ist er dann aufgewacht. Was war passiert? Es hatte tatsächlich angefangen zu regnen, das Hüttendach war undicht und er lag in einer Pfütze. Es regnete nun 3 Tage lang und alle Dorfbewohner waren glücklich.

Nachdem der Regen zu ende war, wollte der Medizinmann, der schon alt war, **Sawu** bei sich behalten und ihn in die Geheimnisse der Naturmedizin einweihen. So blieb er erst einmal in dem Dorf und lernte allerlei über verschiedene Pflanzen und ihre Heilwirkung.

Nach einiger Zeit überkam ihn doch wieder die Angst vor der bösen weißen Frau und er beschloss weiter zu ziehen. Die Dorfbewohner waren sehr traurig darüber, wünschten ihm aber alles Gute. Sie gaben ihm eine Decke, ein Messer, einen dicken Wanderstab und etwas zu essen mit auf den Weg. So ausgerüstet marschierte er wieder los. Er war inzwischen bereits viele Stunden gewandert, als er vor sich am See einige Flusspferde (Hippopotamus, kurz Hippos genannt) sah, die faul am Ufer im Sand lagen. Neugierig ging er näher heran bis sie ihn bemerkten. Hippos sind sehr gefährlich und ein Bulle erhob sich und kam auf ihn zu. **Sawu** rannte so schnell er konnte zurück und kletterte auf einen Baum. Da saß er nun und konnte nicht hinunter. Inzwischen kam die ganze Herde herbei und fing an zu grasen denn unter dem Baum wuchs saftiges Gras. Von seinen Eltern wusste er, dass die Hippos die ganze Nacht grasen und erst am Morgen ins Wasser gehen. Also suchte er sich eine sichere Astgabel aus, wickelte sich in seine Decke und versuchte zu schlafen. Da Sawu aber aufpassen musste nicht hinunter zu fallen schlief er nur sehr unruhig. Am anderen Morgen war die Herde verschwunden. **Sawu** kletterte vom

Baum herunter. Er war sehr müde machte aber schleunigst, dass er weiter kam bevor die Hippos wieder an Land gingen. Inzwischen regte sich bei ihm der Hunger und durstig war er auch. So freute er sich mächtig, als er in der Ferne Rauch aufsteigen sah. Das war ein sicheres Zeichen, so glaubte er, dass sich vor ihm ein Dorf befand. Je näher er heran kam umso kräftiger wurde der Rauch. Es stellte sich bald heraus, dass 2 Bauern ein Stück des Waldes angezündet hatten um dort später ein Maisfeld anzulegen. Die Bauern standen am Rande des Feuers und als sie **Sawu** kommen sahen wunderten sie sich, hier in der Wildnis einen kleinen Jungen anzutreffen. Sie ließen ihn näher kommen und fragten was er hier zu suchen hätte. Er antwortete: Ich bin eine Waise und auf Wanderschaft nach Süden in andere Länder.

Festgehalten

Da sagte der eine Bauer zum anderen das ist genau der richtige Bengel den ich brauche um meine Ziegen zu hüten. Sie gaben ihm etwas zu essen und zu trinken und nahmen ihn mit in ihr Dorf. Nun waren diese Dorfbewohner leider nicht so freundliche Leute, wie im Dorf des Medizinmannes. Als sie angekommen waren sperrten sie ihn in eine Hütte. Da er noch ziemlich müde war legte er sich erst einmal schlafen. Am anderen Morgen kam einer der Bauern, sperrte die Tür auf und sprach: Hör gut zu mein Junge, ab heute wirst Du meine Ziegen hüten dafür bekommst Du essen und trinken und lass Dir ja nicht einfallen davon zu laufen dann schicke ich meinen großen Hund hinter Dir her und der ist nicht sehr freundlich. Nun musste er jeden Tag die Ziegen des Bauern bewachen. Täglich gab es nur trockenes Maisfladenbrot zu essen und Wasser zu trinken. Ab und zu, wenn es keiner merkte, melkte er eine Ziege und trank die Milch. Er war sehr unglücklich und überlegte wie er von hier entkommen könnte. Dem großen Hund der am Ziegengatter angebunden war gab er täglich ein Stück seines Brotes ab. So entwickelte sich, ohne dass es der Bauer merkte, eine Freundschaft zwischen ihm und dem Hund. Wenn **Sawu** den Hund rief gehorchte dieser und kam zu ihm. Das war die Lösung seines Problems. Eines Nachts nahm er seine Sachen, band den Hund los und ging mit ihm fort. Am anderen Morgen bemerkte der Bauer **Sawu**s und des Hundes Fehlen. Die beiden waren aber schon so weit fort, dass es keinen Zweck mehr hatte hinter her zu rennen. Wütend musste der Bauer anerkennen, dass **Sawu** ihn überlistet hatte. Als er nun schon mehrere Stunden gewandert war wollte er den Hund zurückschicken aber der Hund blieb bei ihm. Er sagte nun gut wenn Du nicht zurück willst musst Du eben mitkommen. Ich werde Dich **Hoko** nennen. Nun hatte er einen Weggefährten Die beiden wanderten immer weiter am See entlang nach Süden. Es war schon Nachmittag und er hatte Hunger und Durst aber es war weit und breit kein Dorf zu sehen. Schließlich wurde es dunkel und er legte sich erschöpft unter einen Baum und schlief ein. Sein Hund bewachte ihn.

Plötzlich mitten in der Nacht fing **Hoko** an zu bellen, so dass er aufwachte. Da sah er ein Stachelschwein heran kommen. Der Hund wollte hin laufen und es vertreiben aber **Sawu** hielt ihn zurück. Das Stachelschwein hat lange gefährliche Stacheln an denen sich der Hund verletzt hätte. **Hoko** bellte aber immer weiter so dass das Stachelschwein kehrt machte und im nahen Gebüsch verschwand. Da es etwas kalt geworden war, nahm er Hoko mit unter seine Decke und beide schliefen weiter bis zum Morgen. Sie gingen an den nahen See und **Sawu** nahm ein Bad. Auch der Hund sprang in das Wasser. Als sie gerade weiterwandern wollten sahen sie ein kleines Boot auf dem See. Darin saßen 2 junge Burschen die Fische geangelt hatten. **Sawu** winkte ihnen zu und sie ruderten zu ihm ans Ufer. Er fragte wir haben Hunger und Durst, könnt ihr uns nicht bis zum nächsten Dorf mitnehmen? Na ja, die Jungs fragten erst einmal wer er ist und wohin er wollte, dann nahmen sie aber beide mit ins Boot. Im nächsten Dorf angekommen machten die Jungs ein Feuer an und brieten die geangelten Fische. Da sie genug gefangen hatten bekamen auch **Sawu** und der Hund etwas ab. Aus einem nahen Brunnen hatten sie Wasser geschöpft, so dass sie auch genug zu trinken hatten. Als sie alle satt waren sagten die beiden Burschen, es waren Brüder 12 und 13 Jahre alt und hießen **Maurice** und **Elias**: Du hast einen schönen großen Hund. Da draußen am Walde hat ein Erdferkel eine Höhle gebaut. Kommt mit uns wir möchten das fangen und schlachten, dann hat unsere Familie für längere Zeit etwas zu essen. Nach kurzer Überlegung sagte er zu. Da er

Tiere sehr gern mochte tat ihm das Erdferkel zwar leid aber er sah ein, dass die Leute auch Fleisch essen mussten. Also gingen sie zu der Erdferkelhöhle. Nun kann so ein Erdferkel wenn es bedroht wird sehr gefährlich werden. Es ist immerhin fast einen Meter hoch. Die beiden Jungs stiegen auf die Decke der Höhle und sprangen so lange darauf herum bis es heraus kam. **Sawu** und der Hund standen etwas abseits aber es kam sofort auf **Sawu** zu. Nun sprang der große Hund auf den Rücken des Erdferkels, riss es um und biss es in die Kehle bis es tot war.

Der Fang des Erdferkels

Maurice und **Elias** banden die Füße des Tieres zusammen, steckten einen langen Ast durch die Beine und trugen es nach Hause ins Dorf. **Sawu** und sein Hund marschierten hinter her. Der Vater der beiden Jungs nahm nun das Tier auseinander. Am Abend wurde ein großes Feuer angezündet und Teile des Tieres gebraten. Hei war das ein Festschmaus. Danach waren sie alle müde und gingen schlafen. **Sawu** konnte bei den beiden Jungs in der Hütte schlafen und **Hoko** wurde draußen angebunden. Da es in den Dörfern keine Keller gab, wurde das restliche Fleisch zum Trocknen an die Luft gehängt. In der Nacht musste **Sawu** 'mal nach draußen Pipi machen. Er ging etwas abseits in die Büsche. Als er zurück kam wurde er plötzlich von einem Mann gepackt. Der hielt ihm ein Messer an die Kehle und sagte: Ein Ton und Du bist tot. Er wollte das aufgehängte Fleisch stehlen. **Sawu** schlotterte vor Angst und versprach ruhig zu sein. Mit einer Hand hielt er **Sawu** fest und mit der anderen nahm er sich 2 große Fleischstücke hin. Dann sagte er: Du kommst jetzt mit mir damit Du mich nicht verraten kannst. So rannte er nun mit **Sawu** davon in den Wald. Da der Hund wusste, dass weitere Menschen im Dorf wohnten hatte er auch nicht gebellt. Der Dieb hingegen hatte den großen Hund gar nicht bemerkt. Als **Maurice** und **Elias** am Morgen aufwachten, bemerkten sie **Sawu**s Fehlen und waren erstaunt, dass der Hund noch da war. Sie suchten ihn im Dorf aber vergeblich. Dann merkten sie, dass Fleisch gestohlen war und dachten zuerst, **Sawu** wäre mit dem Fleisch davon gelaufen. Das konnten sie aber dann doch nicht glauben sonst hätte er doch den Hund mitgenommen. Der eine der beiden, **Elias** kam auf die naheliegendste Idee. Er nahm den Hund an die Leine und dann verfolgten sie **Sawu**s Spur. Nach ungefähr einer Stunde sahen sie auf einer Waldlichtung eine Hütte aus Ästen und Zweigen stehen. Sie banden den Hund an einen Baum fest und schlichen an die Hütte heran. Durch die Zweige sahen sie den armen **Sawu** gefesselt am Boden liegen. In einer Ecke war ein Mann damit beschäftigt das gestohlene Fleisch an der Decke aufzuhängen. Da der Mann groß und stark aussah, konnten die beiden **Sawu** nicht ohne weiteres befreien.

Sie verabredeten eine List. **Elias** blieb still hinter der Hütte liegen. **Maurice** dagegen lief zu dem Hund zurück und schrie« Hilfe,Hilfe«. Das hörte der Mann und kam angelaufen. Bevor er jedoch dem Jungen etwas antun konnte sprang der Hund auf ihn los, warf in um und blieb auf dessen Brust sitzen. Inzwischen hatte der andere der beiden **Sawu** befreit und sie gingen nun zu dem Mann. Sie sagten zu ihm: Du kommst jetzt mit in unser Dorf und wenn Du versuchst fort zu laufen hetzen wir den Hund auf Dich. Er musste das Fleisch holen und dann gingen sie los. Der Mann ging vorweg dann kam **Sawu** mit dem Hund und hinter her die beiden Jungs. Als sie im Dorf ankamen sagte der Vater der beiden Burschen: Ei wen haben wir denn da? Der Mann war ein früherer Bewohner des Dorfes den sie davon gejagt hatten weil er immer nur seine Frau arbeiten ließ und sie öfter geschlagen hat. Der Vater der gleichzeitig auch der Dorfälteste war fällte nun folgendes Urteil: Der Mann musste eine Woche lang umsonst für den Vater der beiden Jungs auf dessen Feld arbeiten. Dann durfte er zurück zu seiner Frau, musste bei Strafandrohung versprechen sie nicht mehr zu schlagen und künftig auf dem Feld arbeiten. Eins der beide gestohlenen Stücke Fleisch durfte er behalten und zu seiner Frau bringen. Er versprach sich zu bessern und das Urteil zu befolgen. Durch dieses Abenteuer hatten sich die Jungen angefreundet. **Sawu** fasste Vertrauen zu den beiden und erzählte Ihnen und auch deren Vater seine ganze Geschichte. **Maurice** und **Elias** luden ihn ein, doch eine Weile in ihrem

Dorf zu bleiben und er willigte ein. Er erlebte in dieser Zeit eine Menge Abenteuer. Einmal kam eine Affenhorde in das Dorf um Nahrungsmittel zu stehlen. Da gingen die Einwohner mit Knüppeln auf die frechen Affen los und verjagten sie. Auch Hoko der Hund machte lautstark mit. Ein anderes Mal brüllte ein Löwe in der Nähe. Die Ziegenherde des Dorfes war in einem Kral untergebracht, der aus einer Dornenhecke bestand. Da kam kein Löwe durch. Trotzdem schlich dieser um die Hecke herum und die Ziegen blökten vor Angst. Da fing Hoko laut an zu bellen und der Löwe verzog sich wieder. Das schönste Erlebnis für **Sawu** war, dass **Elias** ihm im See das Schwimmen lehrte.

Wenn sie dann mit dem Boot zum Angeln hinaus auf den See fuhren, brauchte er keine Angst mehr vor dem Ertrinken zu haben. Eines Tages waren alle Drei wieder einmal zum Angeln hinaus gefahren. Vom See aus beobachteten sie ein vorbei fahrendes Auto. Da das sehr selten vorkam, wurden sie misstrauisch. Sie ruderten an Land und **Elias** sagte zu ihm er solle sich so lange im Boot verstecken, bis sie festgestellt hätten wer das ist. Kurz danach kamen sie zurück und brachten **Sawu**s Habseligkeiten und den Hund mit. Sie erzählten ihm, da wären 2 Männer gekommen die angeblich **Sawu**s Eltern geschickt hätten. Die Eltern hätten gesagt, er wäre ausgerissen und sie sollten ihn zurück bringen. Der Dorfälteste aber, der die wahre Geschichte kannte, antwortete, dass sie keinen fremden Jungen kennen. Darauf sagten die Männer, sie würden einige Tage bleiben und das Dorf beobachten ob er nicht doch erscheint. Also musste **Sawu** verschwinden. Seine beiden Freunde brachten ihn erst einmal in die Hütte des Fleischdiebes, die ja nun leer stand und versorgten ihn mit Essen und Trinken. Für **Sawu** jedoch war klar, er musste hinaus aus dem Land. Als nach einigen Tagen die fremden Männer unverrichteter Dinge abgefahren waren, ging er zurück ins Dorf, verabschiedete sich von allen und wanderte mit seinem Hund wieder weiter. **Maurice** und **Elias** hatten ihm eine Menge zu essen mit gegeben und auch einen gefüllten Wasserschlauch aus Ziegenfell so dass für die nächsten Tage vorgesorgt war. Er wanderte mit seinem Hund **Hoko** weiter nach Süden, neuen Überraschungen entgegen. Sie kamen an ein großes unbewachtes Tor und gingen einfach hindurch. **Sawu** wusste ja nicht, dass sie sich nun in einem Nationalpark befanden. Nach einigen Tagen kamen sie an einen Fluss den sie überqueren mussten. Das Flussbett war ziemlich ausgetrocknet. Da Sawu schon andere seichte Flüsse überquert hatte erwartete er auch hier keine Schwierigkeiten. Leider lagen auf dem trockenen Teil des Flusses lauter Krokodile. Nun hatten sie 'mal wieder ein Problem. Wie kommen wir da hinüber fragte er sich. Sie mussten wohl oder übel einen Umweg in Kauf nehmen.

Tierbeobachtung

Also wanderten sie flussaufwärts bis sie an eine schmale flache Stelle des Flusses kamen. **Sawu** beobachtete sorgfältig den Fluss und beide Seiten des Ufers ob auch keine Krokodile oder Flusspferde zu sehen waren. Dann wateten sie hinein. Als sie fast schon das andere Ufer erreicht hatten, sah er auf einmal wie ein alter Baumstamm auf sie zugeschwommen kam. Er dachte nur nanu, den hast Du ja vorher gar nicht gesehen. Da, plötzlich fing **Hoko** an zu bellen und **Sawu** merkte, dass der vermeintliche Baumstamm ein ausgewachsenes Krokodil war. Dieses kam nun immer näher jedoch mit letzter Kraft schafften sie es, das Ufer vor dem Krokodil zu erreichen. Puh, sagte Sawu das war knapp. Jetzt erholten sie sich erst einmal von dem Schreck und verzehrten etwas von dem mitgebrachten Proviant. Dann ging es auf der anderen Flussseite wieder ein Stück zurück. Es war schon gegen Abend, als sie vor sich in einiger Entfernung eine Elefantenherde sahen, die zum Fluss wanderten um zu trinken. **Sawu** wusste, dass bald auch andere Tiere kommen würden. Sie gingen noch etwas näher heran. Er suchte sich einen Baum aus von dem er die Tiere beobachten und auf dem er gleichzeitig übernachten konnte. In einer flachen Astgabel baute er aus starken Ästen und Zweigen ein sicheres Lager. Dann bedeutete er dem Hund hinauf zu klettern. Da der Hund aber kein Affe ist war das ziemlich schwierig. Er half dem Hund indem er von unten nachschob. Mit viel Mühe gelang es schließlich. Nun konnten sie von oben alle Tiere, die zum Trinken kamen gut beobachten. Die Elefantenherde wurde von einer Leitkuh angeführt. Zwischen den großen ausgewachsenen Elefanten, übrigens nur weibliche Tiere, liefen halbwüchsige und auch 3 kleine Elefanten herum. **Sawu** wusste, dass die Bullen, wenn sie erwachsen sind aus der Herde ausgestoßen werden. Die

Elefanten badeten im Fluss und selbst die kleinen gingen ins Wasser. Auf einmal hob die Leitkuh ihren Rüssel, trompetete laut und stürmte tiefer in den Fluss hinein. Es bestand höchste Gefahr für einen kleinen Elefanten. Er hatte sich zu weit ins Wasser gewagt und ein Krokodil schwamm auf ihn zu.

Normalerweise nähern sich die Krokodile den Elefanten nicht aber hier wollte sich wohl ein einzelnes den kleinen schnappen. Bevor das Krokodil den kleinen Elefanten erreichte, war die Leitkuh da, packte das Krokodil mit ihrem Rüssel und schleuderte es weit zurück in den Fluss. Nun kamen noch weitere Tiere zum Trinken wie Warzenschweine, die ihre Schwänze senkrecht nach oben gestellt hatten, Wasserböcke mit ihrem weißen Kreis am Hinterteil und auch einige Zebras. Plötzlich ertönte ein Donnern und eine große Büffelherde kam heran gestürmt. Da machten selbst die Elefanten Platz. Nach einiger Zeit wanderten dann die Elefanten und etwas später die Büffelherde wieder ab. Nun erschienen 3 Giraffen am Ufer. Sie schauten sich vorsichtig um, dann gingen 2 ans Wasser spreizten die Vorderbeine damit sie mit ihren langen Hälsen nach unten kamen um zu trinken. Die dritte Giraffe passte auf, dass kein Raubtier in die Nähe kam. Als die beiden genug hatten ging die dritte ans Wasser. Dann zogen die Giraffen wieder ab und es kam eine Herde Antilopen. Das waren Impalas oder auch Schwarzfersenantilopen genannt. Auf einmal rannten die Antilopen in panischer Flucht davon. Eine Gepardenfamilie kam daher und hatte auch Durst. Leider hatte sich eine Antilope von der Herde entfernt. Sie hinkte etwas und war mit den anderen nicht davon gelaufen. Das bemerkten die Geparde und 2 schlichen sich heran. Da sah die Antilope die Gefahr und lief davon. Da sie aber etwas hinkte, waren die Geparde schneller. Die eine schlug der Antilope die Hinterbeine weg so dass sie hinfiel, die andere sprang auf ihren Körper und bis sie in die Kehle bis das arme Tier erstickt war. Dann kam der Rest der Familie heran und sie verspeisten fast das halbe Tier. Inzwischen kreisten bereits die Geier über der Stelle. Als die Geparde fort waren stürzten sie sich auf den Rest. Auch Hyänen, ebenfalls Aasfresser, kamen hinzu und stritten sich nun mit den Geiern um die Fleischreste. Binnen kurzer Zeit blieben von der Antilope nur noch die nackten Knochen übrig. Etwas Derartiges hatte **Sawu** noch niemals vorher gesehen und war mächtig beeindruckt. Selbst der Hund beobachtete das Geschehen und verhielt sich ganz ruhig.

Etwas später, es war fast dunkel, kam ein einzelnes Flusspferd ans Ufer und fing an zu grasen. Dann sah er wie das Tier plötzlich seinen Kot heraus ließ und dabei seinen Schwanz ganz schnell wie einen Propeller drehte. Dadurch wurde der Kot nach allen Seiten fortgeschleudert. Bald darauf wurde es dunkel. In der Ferne heulten noch die Hyänen und ein einsamer Leopard brüllte aber sie schliefen dann doch bald ein. Am anderen Morgen kletterten sie vom Baum hinunter und gingen zum Fluss ins flache Wasser um sich zu erfrischen. Sie sahen noch das Knochengerippe des Impalas und die vielen Spuren der Tiere von gestern Abend. **Sawu** aß einiges vom mitgebrachten Proviant und gab auch dem Hund etwas ab. Dann wanderten sie weiter. Nach einiger Zeit kam ihnen plötzlich ein junger Elefantenbulle entgegen. Als er die beiden sah rannte er sofort auf sie zu und wackelte mit seinen großen Ohren. **Sawu** bekam es mit der Angst zu tun und kletterte auf einen Baum. **Hoko** der Hund lief immer um den Elefanten herum und bellte. Er war so flink, daß ihn der Elefant nicht erwischen konnte. Dieser wandte sich nun dem Baum zu auf den **Sawu** hinauf geklettert war. Er drückte mit seinem mächtigen Schädel gegen den Stamm und versuchte ihn umzuwerfen. **Sawu** wurde zwar kräftig hin und her geschüttelt aber der Baum hielt Stand. Das merkte dann auch der Elefant. Er hob seinen Rüssel, trompetete noch einmal laut und trottete seines Weges. Als er nicht mehr zu sehen war, kletterte Sawu vom Baum wieder hinunter. Er sah sich vorsichtig um, dann ging die Wanderung weiter. Sie sahen noch viele Tiere und **Sawu** mußte auch noch einige Male auf Bäume klettern. Als sie einmal auf eine große Lichtung kamen, erblickten sie ein grasendes Nashorn. Nashörner können schlecht sehen aber sehr gut riechen. Da der Wind aus **Sawus** Richtung kam und Hoko auch noch zu bellen anfing, wurden sie von dem Tier natürlich sofort bemerkt. Es kam auf sie zugestürmt und er musste sich wieder einmal auf einen Baum retten. Als sich das Nashorn endlich entfernt hatte kletterte er vom Baum hinunter und sie wanderten weiter. Sie hatten sich noch gar nicht allzu weit von dem Baum entfernt, als **Hoko** 2 junge Hyänen im trockenen Gras aufstöberte.

Sawu rief ihn sofort zurück aber die Hyänenmutter hatte ihn schon bemerkt. Er lief wieder zu dem Baum zurück und kletterte hinauf. Der Hund dagegen musste sich nun mit der Hyäne auseinandersetzen. Hyänen haben ein fürchterliches Gebiss und **Sawu** hatte große Angst um seinen Hund. Der verhielt sich aber ganz geschickt. Er lief auf die Hyäne zu und drehte kurz davor wieder ab. So lockte er die Hyäne hinter sich her. Diese wollte sich aber offensichtlich nicht zu weit von ihren Jungen entfernen und gab schließlich die Verfolgung auf. So hatten sie schon wieder ein gefährliches Abenteuer überstanden. Nach längerer Wanderschaft kamen sie erneut an ein Tor. Dort befand sich ein Häuschen mit einem Wärter darin. Der wunderte sich wo die Beiden her kamen und überhaupt war ein Hund in dem Nationalpark nicht erlaubt. Er holte sich beide in sein Häuschen und fragte **Sawu**, wie sie in den Park hineingekommen sind. Er sagte ihm, dass das Eingangstor unbewacht war und er auch nicht wusste, dass das ein Nationalpark ist. Er erzählte seine Geschichte und sagte am Schluss, dass er sehr hungrig wäre. Der Wärter hatte Mitleid und gab ihm und dem Hund etwas von seinem Essen ab. Dann fragte er ihn wie es nun weitergehen sollte. **Sawu** wusste es auch nicht, er wollte nur hinaus aus dem Land. Da machte der Mann folgenden Vorschlag: Er sagte, dass sich Leute mit einem Auto im Park befinden. Wenn diese zurückkommen, würde er sie fragen ob sie ihn ein Stück in Richtung Süden mitnehmen können. Er setzte sich nun auf eine Bank und wartete. Plötzlich sah er von einer Bank nebenan eine meterlange grüne Schlange auf sich zukommen. Er lief sofort zu dem Wärter doch dieser sagte, dass es sich nur um eine harmlose Schlange handelt. Diese Schlange ist ungiftig und frist nur Eidechsen und Mäuse. Trotzdem war **Sawu** misstrauisch und beobachtete sie solange bis sie unter Steinen verschwunden war. Danach schlief er ein. Er wachte auf als ein Auto am Tor hielt. Dann lief er sofort hin. Im Wagen saß ein Ehepaar aus England, das den Nationalpark besucht hatte um viele Tiere zu sehen. Der Wärter erzählte den Leuten **Sawu**s Geschichte.

In der Hauptstadt

Sie bedauerten den armen heimatlosen Jungen sehr und sagten sie würden ihn gern bis zum Flugplatz der Hauptstadt **Lilongwe** mitnehmen. Lassen Sie mich dort auch wirklich wieder hinaus fragte er ängstlich? Aber ja, sagten die Leute und auch der Wärter sagte: Du brauchst keine Angst zu haben. Ich fahre aber nicht ohne meinen Hund, sagte **Sawu**. Beide erklärten sich bereit auch den Hund mitzunehmen. Der kommt mit Dir auf die hinteren Sitze sagte das Ehepaar. Nun fragten sie ihn nach seinem Namen und nannten auch ihren Namen. Wir heißen **Patrick** und **Ellen Whiterock** und kommen aus dem fernen England aus der Hauptstadt London. Wir haben auch noch eine Königin, mit Namen **Elizabeth**. Da staunte **Sawu** sehr und bat die Leute ihm alles über London und die Königin zu erzählen. Nun fuhren sie los und er erfuhr unterwegs allerlei über England. Nach ungefähr 2 Stunden Fahrt kamen sie in eine Ortschaft und hielten an. Da sie alle hungrig und durstig waren, gingen sie in ein Restaurant. Der Hund musste draußen bleiben und das Auto bewachen. Da hier nur selten ein Auto vorbei kommt versammelten sich gleich eine Menge Kinder und bestaunten das Fahrzeug. Seit langer Zeit bekam **Sawu** wieder einmal eine warme Mahlzeit und auch der Hund erhielt etwas zu fressen und eine große Schale mit Wasser. Nachdem sie sich gestärkt hatten, ging die Reise weiter. **Sawu** erzählte von seinen Abenteuern, die er unterwegs erlebt hatte. Spät am Nachmittag waren sie beinah am Ziel. Lieber **Sawu**, sagten die Leute, wir fahren Dich jetzt bis nach **Lilongwe**. Da müssen wir Dich leider absetzen. Wir fahren dann weiter zum Flugplatz und fliegen zurück nach England. Er bedankte sich für alles und nun standen sie am Rande der Stadt. Sie gingen ein Stück in die Stadt hinein bis zu einer Siedlung. Die bestand aus lauter

Holzhütten mit Wellblechdächern. Am Rande lungerten ein paar finstere Gestalten herum. Heda riefen sie, was willst Du hier. Ich suche eine Unterkunft und habe Hunger antwortete **Sawu**. Die Männer, es waren 4 an der Zahl und so etwa 18 bis 20 Jahre alt, tuschelten untereinander.

Dann sagte der eine, allright, komm mit. Sie gingen zwischen einigen Hütten hindurch und kamen an ein größeres Backsteingebäude. Sie brachten Sawu in einen Raum in dem mehrere Matratzen lagen. Warte hier sagte der eine, ich bringe Dir etwas zu essen und der Hund bleibt draußen. **Hoko** wurde an einen Pfahl gebunden. **Sawu** erhielt Maisfladen und einen Krug mit Wasser. Dann wurde die Tür abgeschlossen. Der Raum hatte nur ein Fenster, das aber nicht zu öffnen war. Er war gefangen! Draußen berieten die Männer was sie mit den beiden nun anfangen sollten. Einer sagte, wir verkaufen den Hund und den Jungen schicken wir los zum Betteln. So geschah es dann auch. Als ein Farmer in die Stadt kam um Gemüse zu verkaufen, wurde diesem der Hund angeboten. Der Farmer schaute sich **Hoko** an und da er ihm gefiel kaufte er ihn den Männern ab. Am anderen Tag musste **Sawu** seine Sachen gegen eine alte zerlumpte Hose und ein zerrissenes Hemd eintauschen. Dann ging einer der Männer mit ihm in die Stadt. In der Nähe eines Hotels sollte er die Leute ansprechen und um Almosen betteln. Der Mann stand im Hintergrund und passte auf, dass er nicht weglief. Abends nahmen ihm die Männer das erbettelte Geld ab. Dafür bekam er dann Maisfladenbrot und Wasser. Als **Sawu** nach seinem Hund fragte, antwortete einer, dass er verkauft wurde. Darüber weinte er bitterlich und sagte, lasst mich hier heraus ich will weiter wandern. Das kam natürlich überhaupt nicht in Frage. So musste er jeden Tag betteln gehen und wenn er nicht genug Geld nach Haus brachte erhielt er obendrein eine Ohrfeige. Nun überlegte **Sawu** Tag für Tag, wie er sich aus dieser misslichen Lage befreien konnte.

Zu einem Polizisten zu laufen hatte keinen Zweck, der hätte nicht ihm sondern den Männern geglaubt. Er sagte sich, ich muss irgend etwas tun damit ich ins Gefängnis komme. Besser als bei den Männern ist es im Gefängnis allemal. Als er eines Tages wieder beim Betteln war, riss er einem Mann der ihm etwas geben wollte, die Geldbörse aus der Hand und rannte auf das nahe liegende Hotel zu. Der Mann rannte hinter ihm her und vor dem Hotel hielt ihn ein Polizist fest. **Sawu** sagte bitte bitte steckt mich in ein Gefängnis sonst schlagen mich die Männer.

Die Teeplantage

Welche Männer, fragten der Mann und der Polizist. Da erzählte er, dass er gefangen war und betteln musste. Der Polizist fragte, wo die Männer wohnen und **Sawu** beschrieb den Ort. Der Polizist telefonierte mit seinen Kollegen und sofort fuhr ein Polizeiauto dort hin und nahm die Männer fest. Dem Mann, der seine Geldbörse wieder hatte, tat der kleine Junge leid. Er bat den Polizisten ihn nicht ins Gefängnis zu stecken sondern ihn frei zu lassen. Der Polizist erkannte, dass **Sawu** unschuldig war und ließ ihn frei. So mein Junge, sagte der Mann nun kommst Du erst einmal mit mir in das Hotel. Dort wartete bereits dessen Frau auf ihn. Er erzählte seiner Frau die Geschichte und sie beschlossen ihm weiter zu helfen. Zuerst steckten sie ihn in eine Badewanne, denn er roch nicht so sehr gut. Die Frau ging los und kaufte ihm neue Bekleidung. Dann bestellten sie etwas zu essen aufs Zimmer und **Sawu** konnte sich ordentlich satt essen und frischen Orangensaft trinken. Als es Abend wurde durfte er in dem Hotelzimmer bleiben und auf einer Couch schlafen. Am anderen Morgen, während des Frühstücks, sagte der Mann zu ihm: Unser Name ist **Willem & Sandra Ryke**. Wir haben weiter südlich eine Teeplantage, Du kannst mit kommen und bei uns bleiben. **Sawu** überlegte kurz und sagte zu. Dann stieg er mit in das Auto des Ehepaares und am Nachmittag kamen sie auf der Plantage an. Nun begann eine herrliche Zeit für **Sawu**. Die Teepflücker der Plantage wohnten in kleinen Häusern aus Backsteinen mit Wellblechdach. In einem dieser Häuser wohnte auch die Köchin der Plantage. Das war eine dicke Frau von zirka 60 Jahren und hieß **Brenda**. Das Haus bestand aus 3 Räumen und einem kleinen Badezimmer mit Dusche und Toilette. Von den 3 Räumen wurde einer als Küche genutzt und die anderen beiden waren

Schlafräume. Bei dieser Frau konnte er wohnen und eines der beiden Schlafräume benutzen. Die Köchin verwöhnte ihn, als wäre er ihr eigener Enkelsohn. Einer der Jungen, die auf der Plantage lebten, führte **Sawu** herum und zeigte ihm die ganze Anlage. Da gab es Pferde, Kühe, Ziegen, Enten und Hühner. Auch einige Hunde liefen dort herum.

Dann fuhren sie mit dem Vater des Jungen auf einem Traktor durch die Teefelder. Soweit man schauen konnte war alles grün. Mitten darin standen Männer und Frauen und pflückten Teeblätter. Die Blätter wurden dann in eine Maschinenhalle gebracht, gewaschen, getrocknet, in großen Öfen geröstet und auf einem langen Transportband zur Weiterverarbeitung befördert. Am Ende der Anlage wurde der dann fertige Tee verpackt. Auf der Plantage gab es auch eine Lehrerin, die in einem kleinen Schulraum die Kinder der Arbeiter unterrichtete. Von nun an musste **Sawu** am täglichen Unterricht teilnehmen und begann schreiben und lesen zu lernen. In seiner Freizeit spielte er mit den anderen Kindern Fußball oder sie stromerten in der Plantage herum fingen Eidechsen oder angelten Fische in einem nahen See. Eines Tages war er mit 2 Jungen **Mike** und **George** am See zum Angeln. Da rutschte der **Mike** ins Wasser. Der See war an der Stelle so tief, dass nur noch der Kopf des Jungen heraus schaute. Er sackte langsam tiefer und drohte zu ertrinken. Gut, dass **Sawu** schwimmen gelernt hatte. Er sprang ins Wasser und während **George** seinem Freund einen langen Ast hinhielt, schwamm **Sawu** auf ihn zu und schob ihn ans Ufer, so dass er hinauf klettern konnte. Sie ließen sich in der Sonne trocknen. Dann gingen sie nach Haus und verabredeten niemand etwas von dem Vorfall zu sagen. An einem anderen Tag gingen dieselben drei Knaben zur Pferdekoppel. **Sawu** wollte reiten. Nun waren die Pferde nicht gerade die wildesten aber so richtig zahm waren sie auch nicht. **George** sagte, pass auf ich suche ein ruhiges Pferd aus und halte es am Kopf fest.

Mike kann Dir helfen hinauf zu klettern. Mike faltete seine Hände so zusammen, dass **Sawu** hinein treten und sich auf den Rücken des Pferdes schwingen konnte. Dann hielt er sich an der Mähne fest, **Mike** gab dem Pferd einen Klaps aufs Hinterteil und es gallopierte los. Es lief immer weiter von den beiden Jungs fort und wurde schneller und schneller. Hilfe rief **Sawu** ich kann mich nicht mehr oben halten. In vollem Galopp fiel er hinunter und blieb regungslos liegen. Die beiden Jungs bekamen einen großen Schreck und liefen zu ihm hin. **Sawu** lag am Boden und rührte sich nicht.

Er ist auf den Rücken gefallen und bekommt keine Luft, sagte **George,** wir müssen etwas tun. Er nahm **Sawu**s beide Arme und bewegte sie immer hin und her, vom Kopf bis zur Brust. Auf einmal fing **Sawu** wieder an zu atmen schlug die Augen auf und fragte: Wo bin ich hier? Dann fiel ihm ein was passiert war. Er umarmte **George** und sagte: Du hast mir das Leben gerettet ich wäre sonst erstickt. Auch von diesem Vorfall erzählten sie zu Hause nichts aber sie versprachen sich gegenseitig, in Zukunft vorsichtiger zu sein. Eines Sonntags gingen die 3 Knaben wieder an den See. Im nahen Gebüsch war ein Kanu versteckt, das zogen sie hervor und schleppten es ans Wasser. Im Kanu lagen auch ein Paar Paddel. Sie stiegen in das Boot und los ging die Fahrt. Die beiden Jungs von der Plantage paddelten und **Sawu** saß im hinteren Teil und schaute ins Wasser. Sie hatten schon mehr als die Hälfte des Sees überquert und näherten sich dem gegenüber liegenden Ufer. Plötzlich bemerkten die Drei, wie sich am Ufer ein Krokodil bewegte und ins Wasser glitt. Schnell wendeten sie das Kanu und paddelten zurück aber das Krokodil kam immer näher. Als es das Boot erreicht hatte schlugen die Jungs mit dem Paddel nach dem Tier. Dabei fing das Kanu an zu schlingern und drohte umzukippen. Sie schrieen laut und hörten sofort auf nach dem Krokodil zu schlagen. Sie legten sich flach auf den Boden des Kanus. Sie hatten große Angst, verhielten sich aber nun ganz still. Das Krokodil stieß mehrere Male gegen das Boot und die Jungs befürchteten, dass es umkippte aber das passierte nicht. Nachdem es einige Zeit ruhig geblieben war, richteten sie sich vorsichtig auf und sahen das Krokodil zum Ufer zurück schwimmen. Nun waren alle froh und stolz darüber, dass sie die Gefahr heil überstanden hatten. Sie paddelten zurück zum Ufer, zogen das Kanu aus dem Wasser und versteckten es wieder im Gebüsch. Eines Tages, nach dem der Tee abgeerntet war, gab es auf der Plantage ein großes Fest. Die Arbeiter bauten aus Holz eine Bühne auf, denn es waren Musiker angesagt.

Alle Männer, Frauen und Kinder versammelten sich vor der Bühne und setzten sich ins Gras.

Sawu's Adoption

Die Frauen hatten ihre traditionellen Festtagskleider angelegt und die Männer trugen Anzüge und hatten Hüte auf. Dann kam der Besitzer der Plantage mit seiner Frau. Sie stellten sich beide auf die Bühne und der Mann hielt eine Rede. Er dankte seinen Leuten für die geleistete Arbeit. Danach verteilte seine Frau Geschenke. Die Männer erhielten T-Shirts auf denen der Name der Teeplantage (Malawi Tea) aufgedruckt war. Die Frauen erhielten bunte Stoffe, aus denen sie sich ihre Kleider nähen konnten. Für die Kinder gab es Süßigkeiten und jedes erhielt ein Spielzeug. Dann kam eine Überraschung: Plötzlich ertönte eine Glocke und die Köchin kam mit einem Topf voller Speiseeis daher. Das war eine Freude für groß und klein. **Sawu** hatte in seinem ganzen Leben noch kein Eis gegessen. Es gab Kunststoffbecher die sich jeder füllen ließ. Nachdem die Eisparty zu Ende war, kamen 5 Musiker auf die Bühne. Die spielten zum Tanz auf und die Leute tanzten auf der Wiese bis es dunkel wurde.

Einen Abend musste **Sawu** zum Besitzer der Plantage **Mr. Ryke** kommen. Er wurde ganz aufgeregt und dachte, er hätte etwas Falsches getan und müsste nun gehen. Mit zitternden Knien ging er die Stufen zum Herrenhaus hinauf, klopfte an die Tür und ging hinein. Drinnen wartete der Besitzer bereits auf ihn. Bitte setzt Dich, sagte er zu **Sawu**. Da er merkte, dass der Junge ganz aufgeregt war, lächelte er ihn an und bestellte erst einmal ein Glas Orangensaft für ihn. Dann sagte er, keine Bange mein Junge, ich habe Dir etwas Erfreuliches mitzuteilen. Er erzählte ihm, dass er einen Sohn hatte der vor einigen Jahren bei einem Reitunfall ums Leben kam. Nun sind wir kinderlos und haben folgendes beschlossen: Wenn Du möchtest und Deine Familie zustimmt, würden wir Dich als unseren

Sohn adoptieren. **Sawu** wusste gar nicht wie ihm geschah, er glaubte zu träumen. Er saß nur da und war sprachlos. Na mein Sohn, sprach **Mr. Ryke** zu ihm, was hältst Du davon? **Sawu** stotterte i-ich w-weis nicht. Na, dann schlaf erst einmal eine Nacht und morgen früh sagst Du mir Bescheid. Damit war er entlassen. Wie im Traum ging er zurück zur Hütte und legte sich ins Bett.

Er dachte lange darüber nach und fand keinen Schlaf. Erst gegen Morgen schlief er ein. Als er aufwachte war es schon recht spät. Er machte seine Morgentoilette, duschte sich und ging dann klopfenden Herzens wieder ins Herrenhaus. Der Besitzer war gerade in der Fabrik und eine Hausangestellte sagte, er soll sich solange in einen Sessel setzen und warten bis der Herr zurück ist. Der kam dann und setzte sich hinter seinen Schreibtisch. Nun **Sawu** fragte er, wie ist Deine Entscheidung ausgefallen? Er antwortete, dass er sich auf der Plantage inzwischen heimisch fühlte und daher das Angebot gern annehmen würde aber zuerst mit seiner Familie sprechen muss. Da war aber das Problem mit der fremden Frau und der versuchten Entführung und er hatte Angst zurück zu gehen. Das regeln wir schon, sprach **Mr. Ryke**. Wir fahren zusammen mit meiner Frau in Dein Dorf und sprechen mit Deiner Familie. Du brauchst keine Angst zu haben, wir beschützen Dich. **Sawu** konnte wieder nach draußen gehen und **Mr. Ryke** bereitete die Reise zu Sawu's Dorf vor. Das war eine große Entfernung und musste gut geplant werden. Nach einer Woche rief er **Sawu** zu sich und informierte ihn, dass am nächsten Tag die Reise los geht. Er freute sich sehr darauf, die ganze Strecke, die er zu Fuß gewandert war, nun mit dem Auto zurück zu fahren. Am anderen Morgen ging es los. Sie fuhren zunächst nur bis zur Hauptstadt **Lilongwe** und übernachteten in dem Hotel, in dem das Ehepaar ihn damals aufgenommen hatte. **Sawu** hatte noch etwas Angst vor den bösen Männern und wich dem Ehepaar nicht von der Seite. Des nachts schlief er mit ihnen im gleichen Zimmer. Am anderen Morgen nach dem Frühstück ging die Fahrt weiter in Richtung Norden. So fuhren sie durch das ganze Land. Sie kamen auch an den **Malawi See** und sahen in der Ferne die Insel **Likoma** auf der **Sawu** eine zeitlang gelebt hatte. Endlich hatten sie die Stadt in der Nähe seines Heimatdorfes erreicht. Sie übernachteten in dem Hotel, aus dem ihn seine Brüder damals befreit hatten. Als sie dann am anderen Tag in sein Heimatdorf fuhren war er mächtig aufgeregt. Sie hielten vor der Hütte seiner Eltern und **Mr. Ryke** ging hinein.

Es dauerte eine ganze Weile bis er zusammen mit der ganzen Familie heraus kam. Nun stieg auch **Sawu** aus dem Auto und ging zu seiner Familie. Das war ein freudiges Wiedersehen. Zuerst nahm ihn seine Mama in den Arm, dann begrüßte er seinen Vater und seine Geschwister. Während **Mr. Ryke** zurück ins Auto zu seiner Frau ging, erzählte **Sawu** seiner Familie was er alles erlebt hatte. Die kamen aus dem Staunen nicht heraus. Sie sagten ihm auch, dass die böse Frau noch einige Male da war und nach ihm gefragt hätte. Nun aber musste er mit seinen Eltern die vorgesehene Adoption klären. Seine Mutter war dagegen, sie wollte ihren Jüngsten daheim behalten. Die Geschwister freuten sich für ihn und der Vater sah ein, dass das eine einmalige Chance für seinen Sohn war. So stimmten sie endlich doch alle für die Adoption und **Sawu** war glücklich. Der Vater ging zum Auto und gab die Entscheidung bekannt. Die nächsten 2 Tage verbrachte er bei seiner Familie, während sein zukünftiger Adoptiv-Vater in der nahen Stadt die Formalitäten der Adoption klärte. Dabei gab es nun ein Problem: Als künftiger Sohn eines weißen Plantagenbesitzers musste er seinen Namen ändern. **Kasunga Kasawubu** passte nicht so recht zu seiner neuen Familie. Als Nachname würde er künftig **Ryke** heißen aber welchen Vornamen sollte er annehmen?

Nach Beratung aller Beteiligten einigte man sich auf »**Samuel**«. Also hieß er fortan **Samuel Ryke,** kurz **Sam** genannt. Am anderen Tag wurde auf Veranlassung des Plantagenbesitzes auf dem Dorfplatz ein großes Fest gefeiert, an dem alle Bewohner teilnahmen. Es wurde ein Ochse geschlachtet und das selbst gebraute Bier ausgeschenkt. Die Männer führten einen Tanz auf und die Frauen standen rund herum und klatschten in die Hände. **Sawu,** der nun **Sam** hieß, spielte zum letzten Mal mit den Kindern des Dorfes. Am Abend wurde Abschied genommen. Da war ihm doch das Herz etwas schwer und Mama und die Geschwister weinten. **Mr. Ryke** und **Sam** versprachen aber wieder zu kommen. Dann fuhren sie zurück in den Süden zur Plantage.

Das Leben auf der Plantage

Für **Sam** begann nun ein neues Leben. Da in der Nähe der Plantage keine Schule vorhanden war, stellte sein Adoptiv-Vater einen Privatlehrer ein, der ihn in den nächsten Jahren unterrichten sollte. Er wohnte auch nicht mehr in dem Haus der Köchin sondern bekam ein schönes Zimmer im Herrenhaus. In seiner Freizeit konnte er weiterhin mit den Kindern auf der Plantage spielen. Nach und nach lernte er auch, wie der Tee angepflanzt, geerntet und verarbeitet wurde. Eines Tages fuhr er mit dem Aufseher der Plantage zu einem Farmer um eine größere Menge Gemüse einzukaufen. Als sie nach mehreren Stunden dort ankamen, sprang ihnen ein großer Hund entgegen. Sie trauten sich nicht aus dem Auto auszusteigen. Dem **Sam** kam der Hund aber bekannt vor und plötzlich wusste er, das war sein treuer Begleiter **Hoko**, den die Männer in **Lilongwe** verkauft hatten. Er stieg aus und der Hund erkannte ihn sofort wieder. Er kam schwanzwedelnd auf ihn zu und sprang an ihm hoch. Guter **Hoko**, sagte **Sam** und war ganz gerührt, nach so langer Zeit hast Du mich wieder erkannt. Er streichelte ihn und bemerkte dabei, dass der Hund schon eine graue Schnauze hatte. Du bist ja alt geworden, sagte er. Der Aufseher war bereits beim Farmer und kaufte das Gemüse ein. Nun kam **Sam** auch dazu und erzählte dem Farmer, dass das sein früherer Hund war, den man ihm weggenommen hatte. Willst Du ihn zurück haben, fragte der Farmer? Er antwortete, dass ihm auf der Plantage die Zeit fehlte, sich um den Hund zu kümmern und dieser sich im Laufe der Jahre auch an die Farm gewöhnt hat. So ist es besser, er bleibt hier. Ich komme jetzt öfter zum Einkaufen vorbei, dann kann ich ihn ja sehen. So nahm er denn Abschied vom Hund und sie fuhren zurück zur Plantage.

Vor einigen Jahren hatte sein Adoptiv-Vater in der Nähe der Plantage auch eine Rinderzucht angefangen und besaß schon eine ziemlich große Herde. Als **Sam** etwa 15 Jahre alt war, schickte ihn der Besitzer für ein halbes Jahr zu einer anderen großen Rinderfarm ins Nachbarland. Dort sollte er lernen, wie man eine Rinderzucht betreibt. Er war 'mal wieder sehr aufgeregt, denn er musste mit dem Flugzeug reisen und das war das erste Mal. Der Aufseher brachte ihn zum Flughafen in **Lilongwe**. Dort stand er nun allein herum aber eine Stewardess kam und geleitete ihn zum Flugzeug. Beim Start der Maschine war er noch etwas ängstlich aber als er dann sein Land von oben sah, war er begeistert. Nach der Landung ging er in die dortige Halle und suchte jemand, der ihn in Empfang nahm. Da sah er einen Mann mit einem Schild auf dem der Name **Garland** stand, so hieß der Rinderfarmer. Er winkte und ging zu ihm hin. Der Farmer hatte seiner 14-jährigen Tochter **Judy** mitgebracht. Sie begrüßten sich und **Sam** war etwas verlegen. Mit einem Mädchen hatte er nun gar nicht gerechnet. Sie fuhren zusammen zur Farm und unterwegs stellte er fest, dass die Tochter nett und freundlich war und schon allerhand von der Rinderzucht verstand. **Sam** erzählte von der Teeplantage und so verging die Zeit bis zur Ankunft auf der Farm. Dort angekommen wurde er von der Hausfrau begrüßt und auf sein Zimmer geführt. Von dort hatte er einen weiten Ausblick. Das Farmgelände zog sich bis zum Horizont hin. Das Wohnhaus und einige Nebengebäude waren an drei Seiten von hohen Bäumen umgeben. Vor dem Haus befand sich ein eingezäunter Reitplatz auf dem sich einige Pferde bewegten. Etwas abseits waren die Wohnhäuser der Angestellten angeordnet. Weit draußen auf der Weidefläche sah er die Rinder grasen und einige Männer auf Pferden, welche die Herde beaufsichtigten. Am anderen Morgen fragte ihn die Tochter ob er reiten könnte. Na ja, das hatte er natürlich inzwischen gelernt. Dann zeige ich

Dir jetzt die Farm, sagte sie. Ein Arbeiter holte für jeden ein Pferd von dem Reitplatz, sattelte sie und los ging der Ritt.

Das war eine riesige Farm und sie brauchten den halben Tag um alles zu sehen. Nachmittags lernte er den Rest der Familie kennen. Es gab da noch 2 Brüder und die Großeltern. Am anderen Tag begann die Ausbildung. Er musste mit den Männern die Herde bewachen, den Kälbern mit heißem Eisen die Brandzeichen aufdrücken (das tut den Tieren nicht weh), und auch bei der Geburt von Kälbern mit helfen. Im Büro lernte er die Bücher zu führen. Jedes Tier stand mit einer eigenen Nummer in der Kartei. Auch der Verkauf und der Erlös wurde registriert, eine richtige Buchhaltung. Bei den Schreibarbeiten half ihm oft die Tochter und es entstand eine richtige Freundschaft zwischen den beiden. Das halbe Jahr ging schnell vorbei und der Abschied nahte. Am Tag der Abreise weinte **Judy** und auch **Sam** war traurig. Sie versprachen, sich gegenseitig zu schreiben. Dann brachte ihn der eine der beiden Brüder zum Flughafen. Während des Rückfluges musste er noch lange an die schöne Zeit auf der Farm denken. In Malawi angekommen, holten ihn seine Adoptiv-Eltern vom Flughafen ab. Da gab es nun viel zu erzählen, **Sam** von der Farm und die Eltern von der Plantage. Zu Hause angekommen, musste er Bericht erstatten. Dann wurden die gesammelten Erfahrungen auf den Betrieb der eigenen Rinderzucht übertragen.

Es verging einige Zeit in der er sich teilweise mit dem Betrieb der Teeplantage und teilweise mit der Rinderzucht beschäftigte. Eines Tages kam ein Brief von **Judy**, in dem sie mitteilte, dass sie in einem Monat zu Besuch kommt. Das war eine Überraschung und große Freude für **Sam**. Am Tag der Ankunft holte er sie zusammen mit dem Aufseher ab. Bei der Begrüßung umarmten sie sich und bei ihr flossen die Tränen der Wiedersehensfreude. Nun begann eine schöne Zeit. **Sam** kümmerte sich in dieser Zeit kaum um den Betrieb. Sein Vater akzeptierte das großzügig. Die beiden sahen sich jeden Tag. Sie ritten aus, fuhren mit dem Kanu, angelten Fische und wanderten durch die Plantage. Aber der Tag des Abschieds nahte. Wieder gab es Tränen und **Sam** versprach, jeden Monat einmal zu schreiben.

So verging die Zeit und es wurden fleißig Briefe ausgetauscht. Die Eltern hatten bereits gemerkt, dass die **Judy** ihrem Sohn nicht gleichgültig war. Da wollten sie doch etwas nachhelfen. Der große Betrieb konnte durchaus eine Sekretärin beschäftigen. Da **Judy** den Rinderbetrieb von zu Hause kannte, war sie gut für diese Stellung geeignet. Das andere ließ sich lernen. Also schrieb der Adoptiv-Vater einen Brief an den Farmer und bot seiner Tochter diese Stelle an. Dieser fragte seine Tochter und sie sagte zu. **Sam** wusste natürlich nichts von dieser Sache. In 2 Monaten sollte sie kommen. Der Betrieb ging weiter wie immer. **Sam** war inzwischen 18 Jahre alt und die Leute und auch seine früheren Spielkameraden nannten ihn nun **Master Sam**. Nur seine beiden Freunde **George** und **Mike** durften weiterhin **Sam** zu ihm sagen. Zu seinem 18. Geburtstag hatte ihm sein Vater die Leitung der Plantage übertragen, allerdings noch unter seiner Aufsicht. Natürlich konnte **Sam** nun auch Auto fahren. Eines Tages fuhr er wieder in sein Heimatdorf um seine Familie zu besuchen. Seine Schwester **Lititia** hatte gerade einen Farmer geheiratet und die Eltern zu sich auf die Farm geholt. Die beiden Brüder **Benefiz** und **Wonderful** wohnten noch in der elterlichen Hütte und bewirtschafteten das kleine Stückchen Land. Es ging ihnen nicht besonders gut. So beschloss er, sie beide mit auf die Plantage zu nehmen der hatte die Absicht, seine Brüder auszubilden und als Aufseher einzusetzen. Der bisherige Aufseher war schon alt und wollte sich zur Ruhe setzen. Der ältere Bruder, **Wonderful** sollte die Rinderzucht beaufsichtigen und **Benefiz**, der jüngere, die Teeproduktion. Diesen Vorschlag machte er ihnen und beide stimmten sofort begeistert zu. Zum Abschied ließ er für die Dorfbewohner zwei Hammel schlachten und spendierte einige Krüge des selbst gebrauten Bieres. Am anderen Tag begannen sie die Rückfahrt zu dritt. Unterwegs badeten sie im Malawi See (einer hielt immer Ausschau nach Krokodilen), besuchten die Insel Likoma und fuhren durch den Nationalpark, wo er seinen Brüdern die vielen Tiere zeigte, die es dort gab.

Je näher sie der Plantage kamen umso unruhiger wurde er. Schließlich hatte er, ohne zu fragen, seine beiden Brüder mitgebracht. Nachdem sie auf der Plantage angekommen waren, brachte er die beiden erst einmal in einer leer stehenden Hütte unter. Dann ging er ins Haus und beichtete sein eigenmächtiges Vorgehen. Doch sein Vater war sehr damit einverstanden. Das ist eine gute Entscheidung sprach er, es ist besser Aufseher zu haben denen man vertrauen kann, als fremde Leute. So war die Sorge beseitigt. **Sam** verbrachte nun viel Zeit damit, seine Brüder auszubilden. Eine Tages sagte sein Vater zu ihm: Ich habe eine Sekretärin eingestellt, die kommt heute Nachmittag mit dem Flugzeug. Bitte fahre zum Flughafen und hole sie ab. Du musst ein Schild mit der Aufschrift »Malawi Tea« tragen, damit sie dich erkennt. Also fuhr er los und war gespannt, was für eine Frau sein Vater eingestellt hatte. Am Flughafen angekommen stellte er sich brav auf und hielt sein Schild in die Höhe. Die Leute kamen in die Halle und plötzlich kam **Judy** daher. **Sam** war ganz erstaunt und fragte, wo sie hin wollte. Na, zu Eurer Plantage, sagte sie. Davon weis ich ja nichts, sagte er aber das passt sich gut, da kann ich dich gleich mitnehmen. Ich soll hier eine neue Sekretärin abholen und warte noch auf sie aber anscheinend ist sie nicht mitgekommen. Da fing **Judy** an zu lachen und konnte nicht wieder aufhören. Nun verstand er nichts mehr. **Ich** bin die neue Sekretärin, sagte sie, wir haben dir nur nichts davon gesagt. Das sollte eine Überraschung sein. Nun lachte auch **Sam** und freute sich riesig, dass er jetzt täglich mit ihr zusammen sein konnte. Beide umarmten sich und fuhren zurück zur Plantage. Von ihrem Besuch vor etwa 3 Jahren kannte **Judy** sich noch einigermaßen auf der Teeplantage aus. Was sie noch nicht kannte, war die kleine Rinderfarm. Die wollte sie nun unbedingt sehen. Also ließ **Sam** 2 Pferde satteln, dann ritten sie los. Die Farm war allerdings nicht so groß, wie die ihres Vaters. Dennoch war sie erstaunt über die Größe der Herde.

Judy

Unter der Aufsicht seines Bruders wurde die Herde auch gut geführt und verwaltet. Sie ritten das ganze Farmgelände ab und **Judy** wunderte sich über das saftige Grün der Weidefläche. Von November bis April regnet es hier die ganze Zeit, sagte er und weiterhin haben wir reichlich Grundwasser und mehrere Pumpen. An den folgenden Tagen zeigte er ihr die Teefelder und weihte sie in die Geheimnisse der Teeproduktion ein. Sie gewöhnte sich bald an die neue Umgebung und wurde im Haus wie ein Familienmitglied aufgenommen. **Sam** war so oft es ging bei ihr im Büro und sie freute sich immer wenn er zu ihr kam. Inzwischen war fast ein Jahr vergangen, **Judy** war fast 19 Jahre alt, als ein Brief ihres Vaters ankam. Dieser teilte ihr mit, sie möchte nach Haus kommen, ein früherer Schulfreund von ihr hätte um ihre Hand angehalten und möchte sie heiraten. Als die Familie davon erfuhr, war sie enttäuscht. Für **Sam** hingegen war es ein Schock. Insgeheim hatte er sich doch selber Hoffnungen gemacht. Er war todtraurig und ging nicht mehr in ihr Büro. Nach ein paar Tagen mussten sie gemeinsam zur Rinderfarm hinaus reiten. Unterwegs fragte sie ihn, warum er nicht mehr so oft zu ihr käme. Was soll ich noch bei dir, antwortete er, du verlässt uns ja doch bald. Wer sagt denn so etwas, sprach sie, wollt ihr mich nicht mehr hier haben? Doch schon, sagte er, am liebsten für immer aber du willst ja heiraten. Davon ist überhaupt keine Rede, antwortete sie, ich habe doch nein gesagt, wusstest du das nicht? **Sam** war so überrascht, dass er beinah vom Pferd gefallen wäre. Sie bemerkte, wie sehr er sich auf einmal freute und fragte: Bedeute ich dir denn so viel? Am liebsten würde **ich** dich heiraten, entfuhr es ungewollt seinem Mund. **Judy** schaute ihn sehr ernst an und sagte: Das wollte ich schon seit deinem damaligen Besuch auf unserer

Farm. Nun war er überglücklich und sie beschlossen, es sofort ihren Eltern mitzuteilen. Als sie zurückkamen, gingen sie Hand in Hand hinein und teilten ihre Entscheidung mit. Die Eltern waren aber gar nicht überrascht. Hat ja ziemlich lange gedauert sagte der Vater, das haben wir längst kommen gesehen.

In der nächsten Zeit gab es jetzt viel zu tun und zu beraten. Zuerst wurden ihre Eltern benachrichtigt. Die waren sehr überrascht. Damit hatten sie überhaupt nicht gerechnet. Sie freuten sich aber für ihre Tochter und gratulierten beide zu ihrer Entscheidung. Dann musste der Hochzeitstag festgelegt werden. Es war jetzt Ende September und sie entschieden sich für Anfang November, den Beginn der Regenzeit. Die Mitteilung über die bevor stehende Hochzeit wurde auf der Plantage und der Farm mit großer Freude aufgenommen. Beide waren sehr beliebt und dann noch eine Feier. Die Leute tanzten vor Freude und sammelten heimlich für ein Geschenk. **Sam**'s beide Brüder, der ehemalige alte Aufseher, seine beiden Freunde **Mike** und **George** und ein paar ausgewählte Leute der Teeplantage beratschlagten nun, was sie schenken sollten. Den besten Vorschlag machte der alte Aufseher: Da sie beide nun unsere neuen Herrschaften und keine direkten Nachkommen der jetzigen Besitzer sind, sollten wir ihnen ein neues Familienwappen schenken. Der Vorschlag wurde schon 'mal angenommen aber wie soll es aussehen? Nach tagelangen Beratungen ergab sich aus verschiedenen Vorschlägen folgendes Gesamtbild: Neben einem Rinderschädel mit seinen Hörnern ist ein Teestrauch angeordnet. Beide sind durch einen Blütenzweig verbunden der sich durch zwei Eheringe zieht. In dem Rinderschädel befindet sich ein großes J und im Teestrauch ein großes S. Das ganze soll aus einer Hartholzplatte geschnitzt und durch einen bekannten Schnitzer angefertigt werden. Eile war geboten!! Die Hochzeit sollte in der Kirche der Hauptstadt **Lilongwe** stattfinden. Für die Unterbringung aller Gäste wurde ein Hotel gemietet und dort sollte auch die Feier stattfinden. Am Tage vor der Hochzeit reisten Eltern, das Brautpaar sowie beide Brüder an und übernachteten im Hotel. Auch **Judy's** Eltern waren schon da und viele andere Gäste. **Sam's** leibliche Eltern und seine Schwester hatten abgesagt. Das ist eine so lange Reise und in der dortigen Umgebung fühlen wir uns nicht wohl, schrieben sie. Wir wünschen euch viel Glück und reichen Kindersegen und schickt uns bitte eine Menge Fotos.

Die Hochzeit

Am Tag der Trauung fuhren alle mit mehreren Taxis zur Kirche. Die Fahrzeuge waren mit bunten Bändern geschmückt und vorn auf dem Auto des Brautpaares befand sich ein wunderschönes Blumenbukett. **Judy** hatte ein fantastisches weißes Brautkleid mit langer Schleppe an. Ihre langen Haare waren kunstvoll geflochten und hingen hinten herunter. **Sam** erschien im schwarzen Anzug und weißem Rüschenhemd mit schwarzer Kordel. Als sie in die Kirche gingen wurde die Schleppe des Brautkleides von zwei weißen, blonden Mädchen und zwei schwarzen Jungen getragen. Es war alles sehr feierlich. Nach der Trauung fuhren alle zurück ins Hotel. Im Garten wurde nun viel fotografiert dann begann die Feier. An langen Tafeln wurden erlesene Speisen aufgetragen und eine Musikkapelle spielte zum Tanz. Die Gäste feierten bis spät in die Nacht hinein, während das Brautpaar und **Sam**'s Eltern die Feier etwas früher verließen. Sie fuhren am anderen Morgen nach Haus, denn dort stand ja noch die zweite Feier auf der Plantage an. Erneut hatten sie eine Bühne für die Musiker und eine Tanzfläche aufbauen lassen. Ein Ochse war geschlachtet worden und briet an einem mächtigen Spieß. Die Leute ließen immer wieder das Brautpaar hochleben. Es wurden viele Reden gehalten und das rechtzeitig fertig gestellte neue Familienwappen übergeben. Beide freuten sich sehr über das originelle Geschenk und bedankten sich dafür. Anschließend begaben sie sich auf die Tanzfläche wo sie tanzen mussten, während alle Anwesenden einen Kreis um sie herum bildeten und zum Takt der Musik in die Hände klatschten. Auch hier wurde bis spät in die Nacht gefeiert.

Am anderen Morgen ginge **Sam & Judy** auf Hochzeitsreise. Da er sich daran erinnerte, was ihm damals auf seiner Flucht das englische Ehepaar alles über **London** erzählt hatte, beschlossen sie dort hin zu reisen. Ein Fahrer brachte sie zum Flughafen in **Lilongwe**. Von dort flogen sie direkt nach **London**, wo sie am anderen Morgen etwas müde ankamen.

Sie gingen in ein Hotel, direkt am Flughafen, um erst einmal auszuschlafen. **Sam** wollte unbedingt das Ehepaar, das ihn damals im Auto mitgenommen hatte, wieder sehen. Tags darauf nahm er ein Telefonbuch und suchte nach dem Namen **Whiterock,Patrick**. Es gab zwar mehrere Leute mit gleichem Namen aber beim 3. Anruf hatte er Erfolg. Sind sie die Leute, die vor vielen Jahren in **Malawi** einen kleinen Jungen mit großem Hund mitgenommen haben, fragte er? Ja, antwortete der Mann, das bin ich aber wer sind sie? Ich bin der kleine Junge, sagte **Sam**, inzwischen 20 Jahre alt und mit meiner Frau **Judy** hier in London auf Hochzeitsreise. Wir müssen uns unbedingt treffen, sagte **Mr. Whiterock**. Sie vereinbarten einen Treffpunkt und eine Uhrzeit und trafen pünktlich dort ein. **Sam** erkannte ihn sofort aber **Mr. Whiterock** musste genau hinsehen. Unglaublich, sagte er, was aus so einem kleinen Jungen geworden ist. Sie schüttelten sich die Hände und **Sam** stellte seine Frau **Judy** vor. Welch ein glücklicher Mann müssen sie sein, bei einer so hübschen Frau sagte er. Dann lud er sie in sein Auto und sie fuhren zu ihm nach Haus. Dort wurden sie von **Mrs. Whiterock** sehr herzlich empfangen und ins Haus gebeten. Sie sagte, bevor wir uns unterhalten bieten wir ihnen an, während der Zeit ihres Aufenthaltes in London, bei uns zu wohnen. Wir haben ein großes Haus und genügend Platz und sie sind wirklich herzlich bei uns willkommen. Nach kurzer Überlegung sagten sie zu. Dann musste **Sam** seinen Lebensweg erzählen, angefangen bei den bösen Männern, wo er betteln musste, über sein Leben und seine Ausbildung auf der Teeplantage, die Adoption bis zum Kennen lernen seiner Frau **Judy und die Hochzeit**. Die **Whiterock**'s hörten angespannt zu und sagten zum Schluss, ihr ganzes Leben war ja ein einziges Abenteuer.

Am anderen Tag machten sie gemeinsam Pläne, was sie alles in London besichtigen wollten. Sie besuchten in der Zeit, die ihnen zur Verfügung stand, die meisten bekannten Sehenswürdigkeiten, nur die **Königin** bekamen sie nicht zu Gesicht. Die konnten sie zusammen mit der ganzen Familie im Wachsfiguren Kabinett der Madame Tussaud in leibhaftiger Größe bewundern.

Die junge Generation

Bei all den vielen Besichtigungen ging die Zeit in **London** schnell zu Ende. Am letzten Abend fuhren sie mit ihrer Gastfamilie an den Themse Fluss auf ein schwimmendes Restaurant zum Dinner. Das war ein schöner Abschluss. Tags darauf verabschiedeten sie sich und luden das Ehepaar **Whiterock** ein, sie auf der Plantage in **Malawi** zu besuchen. Dann fuhren sie zum Flughafen und nach einem Nachtflug landeten sie sicher in **Lilongwe**, wo bereits ein Fahrer stand, der sie abholte. Nachdem sie zu Hause alles berichtet hatten begann wieder der Alltag. Das junge Paar bewirtschaftete die Plantage nun in eigener Verantwortung. Nach einem Jahr wurde der Stammhalter geboren. Sie nannten ihn nach seinem Großvater, **Patrick**. Ein weiteres Jahr darauf bekam er ein Schwesterchen, **Lititia** genannt. Da **Judy** sich in der ersten Zeit um die Kinder kümmern musste, übernahm der Vater während der Zeit wieder die Büroarbeit. Eines Tages musste **Sam** in die Hauptstadt fahren um bei der Bank geschäftliche Dinge zu erledigen. Er fuhr morgens los und wollte abends wieder zurück sein. Es war bereits dunkel aber **Sam** war nicht da. Alle machten sich bereits Sorgen, doch der Vater sagte, es wird länger gedauert haben und er übernachtet sicher im Hotel. Aber am anderen Tag kam er auch nicht zurück. Da wussten sie, es ist etwas passiert. Der Vater, **Mr. Ryke**, fuhr zusammen mit **Sam**'s Bruder **Wonderful** nach **Lilongwe** und informierte die Polizei. Sie fragten in der Bank, ob **Sam** da gewesen ist. Das war aber nicht der Fall. Die Polizei startete eine Suchaktion und die beiden fuhren zurück zur Plantage. Da war inzwischen ein Brief eingetroffen. Unbekannte Männer schrieben, sie hätten **Sam** entführt und sie forderten eine hohe Summe Lösegeld. **Mr. Ryke** teilte dies sofort der Polizei mit. Die berichteten, dass sie seit einiger Zeit in einem bestimmten Stadtteil einige verdächtige Männer aus dem Nachbarland beobachteten. Die könnten eventuell seinen Sohn gefangen halten. Sie starteten in der Dunkelheit einen Überraschungsbesuch und fanden **Sam** gefesselt in der Ecke eines Zimmers liegen.

Sie befreiten ihn und nahmen die 3 Männer fest. Das Auto stand verdeckt in einem Holzverschlag. Nachdem **Sam** sich etwas erholt hatte konnte er mit seinem Auto zurück zur Plantage fahren. Da waren alle sehr froh, ihn wieder zu haben. Er erzählte, dass ein Baum auf der Straße gelegen hätte und er deswegen anhalten musste. Dann kamen 3 Männer mit Pistolen auf ihn zu und zwangen ihn hinten in sein Auto zu steigen. Sie fesselten ihm die Hände und 2 Mann nahmen ihn in die Mitte. Der dritte setzte sich ans Steuer und sie fuhren ihn an den Ort, wo ihn die Polizei dann gefunden hat. So fand diese Geschichte noch 'mal ein gutes Ende. Ihre beiden Kinder wuchsen heran und auch **Sam's** Brüder waren inzwischen mit Frauen von der Plantage verheiratet und hatten bereits Kinder. Da es auf der Plantage noch mehrere Kleinkinder gab, wurde ein Kindergarten eingerichtet und eine Frau zur Beaufsichtigung eingestellt. Bei ihr konnten die Kinder allerlei nützliche Dinge lernen. Eines Morgens brach plötzlich in der Trocknungsanlage der Fabrik ein Feuer aus. Durch eine Sirene wurden alle Arbeiter der Plantage zusammen gerufen um zu löschen. Es wurden Schläuche an vorhandene Pumpen angeschlossen und das Feuer war bald gelöscht. Nachdem alles vorüber war, fehlte auf einmal der kleine **Patrick**. Um Gottes Willen dachte sein Vater, er wird doch wohl nicht in der Anlage gewesen sein? Ihm wurde ganz übel vor Angst. Die ausgebrannte Anlage wurde sofort durchsucht. Mit großer Erleichterung stellte man fest, dass er bei dem Brand nicht darin gewesen ist. Wo steckte der kleine Bursche nun? Nach einiger Zeit kam er um die Ecke einer Scheune. Er besaß ein Pony, das wollte er vor dem Brand in Sicherheit bringen, sagte er zu seinem Vater. Alle waren erleichtert. Die Teeproduktion stand nun für längere Zeit still, bis die Trocknungsanlage repariert war. Das nahm **Sam & Judy** zum Anlass, seine leiblichen Eltern und seine Schwester zu besuchen. Die kannten seine Frau ja nur von den Hochzeitsbildern und ihre beiden Kinder hatten sie auch noch nicht gesehen. Das wurde eine lange Reise. Sie fuhren auch wieder in den Nationalpark, denn die Kinder hatten noch nie wilde Tiere gesehen.

Vom sicheren Auto aus konnten sie die Tiere beobachten. Wenn ein Elefant zu nahe ans Auto kam, schrien sie auf und der Vater musste schnell weiter fahren. Sie fuhren zunächst in die Stadt in der Nähe seines Heimatdorfes und übernachteten wieder in dem Hotel, aus dem **Sam (Sawu)** durch seine Brüder befreit wurden. Seine Kinder wollten nun ganz genau wissen, wie die Befreiung damals stattfand. Er zeigte ihnen auch das Zimmer, aus dem er geklettert war. Das fanden sie ungeheuer spannend. Seine Tochter **Lititia** sagte, **Sawu** wäre ein viel schönerer Name als **Sam**. Alle lachten und er sagte, wenn es dir Spaß macht, kannst du mich auch **Papa Sawu** nennen. Am anderen Tag fuhren sie hinaus auf die Farm seines Schwagers und seiner Schwester, wo auch seine alten Eltern lebten. Das war eine große Wiedersehensfreude. Seine Schwester war stolz, dass seine Tochter nach ihr benannt worden war und die Kinder konnten sich gar nicht von **Opa & Oma 2** trennen. Auf der Farm blieben sie eine Woche, dann traten sie die Rückreise an. Unterwegs begann es plötzlich wolkenbruchartig zu regnen. Die Straße wurde immer schlechter und die Bodensenken standen voller Wasser.

Sam sagte zu seiner Familie: Wir sind ganz in der Nähe des Dorfes mit dem alten Medizinmann, dort fahren wir jetzt hin und bleiben da, bis der Regen vorbei ist. Sie hielten vor der Hütte des alten Mannes. Er lebte noch und kam heraus. Als

Sam sagte wer er ist, war die Freude groß. Einige Leute säuberten schnell eine leer stehende Hütte und brachten saubere Strohsäcke zum Schlafen. Für **Judy** war das völlig ungewohnt aber die Kinder fanden es toll. Im Dorf gab es eine große Versammlungshütte. Dort begaben sie sich hin und **Sam / Sawu** erzählte den versammelten Dorfbewohnern, wie es ihm ergangen war. Inzwischen backten einige Frauen Maisfladenbrot. Das brachten sie zusammen mit verschiedenen Früchten herbei, damit die Familie etwas zu essen hatte. Dann ging's in die Hütte zum Schlafen. Am anderen Morgen war der Regen vorbei. In der Mitte des Dorfplatzes hatten die Einwohner Stühle hingestellt. Dort mussten die Vier sich hinsetzen.

Patrick & Lititia

Es kamen wieder die Tänzer, bildeten einen Kreis um sie herum und tanzten noch einmal den Regentanz, wie damals mit dem kleinen **Sawu**, das ihr uns so freundlich aufgenommen habt, vergesse ich nicht, sagte **Sam**. Wenn wir zu Hause sind schicke ich euch ein paar Rinder als Dank. Dann verabschiedeten sie sich und fuhren weiter, der Plantage entgegen. Zu Haus angekommen, musste **Sam** seinen Brüdern berichten, wie es der Familie geht und was sie alles erlebt hatten. Einige Tage danach brachte sein Bruder **Wonderful** mit einem Lastwagen 2 Rinder und 2 Milchkühe in das Dorf. Die Trocknungsanlage war inzwischen wieder hergestellt und die Teeproduktion lief auf vollen Touren. So langsam stellte sich der Alltag ein. Die Kinder erhielten ihren ersten, privaten Schulunterricht. **Sam** hatte eine junge Lehrerin eingestellt, namens **Jenny**. Sie kam aus der Hauptstadt und beherrschte die einheimische Sprache **Chichewa** und auch englisch. Die Kinder mochten sie von Anfang an gern. **Lititia** war ein braves Kind und folgte immer den Anweisungen der Lehrerin. Sie war auch fleißig, machte immer sofort nach dem Unterricht ihre Hausaufgaben und fast immer fehlerfrei. **Patrick** hingegen war manchmal störrisch und fragte immer »warum«. Er war auch bei den Hausaufgaben etwas faul, brachte aber trotzdem die gleichen guten Leistungen wie seine Schwester. Eines Tages sagte **Lititia** zur Lehrerin: Mein Vater heißt gar nicht **Sam**, sein richtiger Name ist **Kasunga Kasawubu** und genannt wurde er **Sawu**. Die Lehrerin wollte das nicht glauben und dachte sie erzählt Märchen. Erzähl' hier nicht solche Geschichten antwortete sie etwas ärgerlich, was soll dein Vater dazu sagen, wenn er das erfährt. **Patrick** wollte seine Schwester ärgern und sagte, das stimmt auch nicht, das hat sie nur erfunden. Nun zankten die beiden miteinander bis die Lehrerin sagte: Schluss jetzt, ich werde euren Vater fragen ob das stimmt. Nach Schulschluss ging sie ins Büro und sagte dem Vater, worüber sich die beiden gestritten hatten und dass die Geschichte doch sicher nur erfunden sei. Nein, nein sprach **Sam**, dass stimmt schon und er erzählte ihr in kurzen Worten seinen Lebenslauf. **Jenny** war sprachlos und mächtig beeindruckt.

Am anderen Morgen in der Schule sagte sie den beiden, dass sie mit dem Vater gesprochen hätte und er hätte das bestätigt. Ihr könnt sehr stolz auf euren Vater sein, sprach sie und du **Patrick** solltest dich schämen, deine Schwester so zu ärgern. Damit war die Sache erledigt. Eines Morgens erschien **Lititia** nicht zum Unterricht. Wo ist deine Schwester fragte die Lehrerin? **Patrick** zuckte mit den Schultern und sagte, »keine Ahnung«. Natürlich wusste er Bescheid. Nachdem sie von **Judy**, ihrer Mutter geweckt worden waren, hatten sie gefrühstückt und waren anschließend auf ihre Zimmer gegangen. **Patrick**, der Schelm hatte zuvor ihre Uhr um eine Stunde zurück gestellt. So dachte seine Schwester, sie hätte noch viel Zeit. Die ahnungslose Lehrerin ging ins Wohnhaus und fragte die Mutter, warum die Tochter nicht zum Unterricht erschienen ist, ob sie krank wäre? **Judy** wunderte sich und ging sofort in das Zimmer ihrer Tochter. Die saß ahnungslos am Fenster und schaute hinaus. Wieso bist du nicht in der Schule fragte die Mutter? Es ist doch noch Zeit antwortete sie. Na, dann schau 'mal auf die Uhr. Sie tat es und sagte, es sind noch 20 Minuten bis zum Beginn des Unterrichts. Die Mutter schaute auf die Uhr und sah, dass es stimmte. Dann bemerkte sie aber den Zeitunterschied von einer Stunde und nun wunderten sich beide. Aha, vermutete **Lititia**, der Patrick hat mir einen Streich gespielt. Jetzt gingen alle drei ins Schulzimmer und **Patrick** musste beichten. Das zieht eine Strafe nach sich, befahl die Mutter. Nach Schulschluss musste er einen Aufsatz von mindestens einer Seite schreiben, mit dem Titel, »was kann ich alles für gute Taten vollbringen«. Er war zuerst ärgerlich aber dann kam ihm eine lustige Idee und er musste schon vorher lachen. Er schrieb also: Überschrift »**Meine guten Taten**«. Dann fing er an und zählte auf: Den Schwamm für die Tafel in Öl getaucht, in der Küche den Inhalt der Salz- und Zucker-Behälter vertauscht, meiner Schwester Frösche ins Bett gelegt und ihr weißes Pony mit Schuhcreme schwarz gefärbt sowie weitere lustige Dinge. Zum Schluss schrieb er: Dafür, dass ich diese Taten nur erdacht aber nicht ausgeführt habe, bekomme ich doch sicher eine Belohnung?

Mit dem Aufsatz ging die Lehrerin am anderen Tag zu den Eltern. Nachdem sie ihn vorgelesen hatte, fingen alle drei furchtbar an zu lachen. **Patrick** wurde natürlich nicht gelobt, er wurde nur ermahnt nicht wieder einen solchen Unsinn zu schreiben. Auf der Plantage gab es auch eine alte Frau, die viele Pflanzen und ihre Heilwirkung bei verschiedenen Krankheiten kannte. Mit dieser Frau gingen sie des Öfteren in einen nahen Wald um verschiedene dieser Pflanzen kennen zu lernen. Auch **Sam**, ihr Vater ging jedes Mal mit. Er hatte als Kind auf seiner Flucht, bei einem Medizinmann, viele dieser Heilpflanzen kennen gelernt. Nun ging bei jeder Pflanze eine Diskussion zwischen der alten Frau und dem Vater los. Nachdem sie sich einig waren, wurde die jeweilige Pflanze abgepflückt und die Kinder mussten das aufschreiben, was der Vater ihnen dazu diktierte. Diese Texte wurden zu Haus der Lehrerin übergeben. Die besprach das alles noch einmal im Biologie – Unterricht. Dann wurden die Pflanzen getrocknet, in ein Buch geklebt und mit dem dazu gehörigen Text versehen. So entstand ein richtiges **Heilkundebuch**. Eines Tages gingen sie wieder in den Wald. Als sie sich gerade über eine Pflanze bückten, kam plötzlich blitzschnell eine Schlange aus dem Gebüsch hervor und biss **Lititia** ins Bein. Der Vater erwischte sie noch am Schwanz und schleuderte sie weit fort aber das Unglück war geschehen. Sofort handelten sie nun. Zuerst saugte die alte Frau die Bisswunde aus und spuckte es fort. Dann schnürte der Vater das Bein mit einem Gürtel ganz fest ab. Die alte Frau nahm drei von den bereits gepflückten Pflanzen in den Mund, zerkaute sie und mischte sie mit Speichel zu einem Brei. Diesen legte sie auf die Wunde und wickelte ihn mit einem großen Blatt und Pflanzenfasern fest. Der Vater nahm seine Tochter auf den Arm und sie gingen schnellstens nach Haus. **Lititia** wurde ins Bett gelegt und der Gürtel von ihrem Bein gelöst. Die alte Frau hatte inzwischen aus verschiedenen Pflanzen einen bitteren, dunkelgrünen Tee gekocht. Den musste das Kind nun trinken .Da das Bein nicht anschwoll, hofften sie alle, dass **Lititia** mit dem Leben davon kommt.

Währen der Nacht und dem darauf folgenden Tag hielt immer jemand Wache an ihrem Bett, besonders ihre Mutter wollte nicht weg gehen. Zuerst phantasierte sie und erzählte immer etwas von **Sawu**. Später fing sie an zu schwitzen, so dass mehrmals die Wäsche gewechselt werden musste. Am dritten Tag verlangte sie auf einmal zu trinken aber sie bekam immer noch den bitteren Tee. Da sagte die alte Frau, sie hat es jetzt überstanden, alles wird gut. **Lititia** lag noch eine Woche im Bett, dann konnte sie aufstehen und das Leben verlief wieder normal. Da sie auf einer Teeplantage lebten, mussten beide Kinder auch mit auf die Teefelder und lernen, wie geerntet wird. Die Arbeiter zeigten ihnen, dass man nicht einfach alle Blätter abpflücken darf, sondern nur die oberen und die feinen Blätter. Auch an sozialen Aufgaben beteiligten sie sich. So spielten sie mit den kleineren Kindern der Arbeiter und zeigten ihnen verschiedene Spiele. Mit den größeren betrieben sie zusammen Sport, zum Beispiel Laufen, Fußball, Rugby und Schwimmen im nahen See. **Lititia** galt als die beste Schwimmerin, während **Patrick** zu den besten Rugbyspielern zählte.

Seine Lieblingsbeschäftigung jedoch war das Reiten. Wann immer er Zeit hatte nahm er sich ein Pferd und ritt durch die Plantage oder hinaus bis zur Rinderfarm. Mit seinen, inzwischen 12 Jahren war er schon ein guter Reiter. Eines Tages ritt er wieder einmal zur Rinderfarm hinaus. Plötzlich kam aus einem Gebüsch ein Warzenschwein heraus gesaust. Das Pferd scheute, sprang zur Seite und warf ihn ab. Dann galloppierte es davon. Gott sei Dank war ihm nichts Ernsthaftes passiert aber da stand er nun allein in der Wildnis. Zunächst hatte niemand sein Fehlen bemerkt. Als es bereits dunkel wurde, kam ein Arbeiter und berichtete, dass sein Pferd allein zurückgekommen war. Da ist etwas passiert, sagte **Sam**. Er fragte den Arbeiter, wo **Patrick** hinreiten wollte und der antwortete, zur Rinderfarm. Da nahm er zwei große Taschenlampen und zusammen mit seinem Bruder **Benefiz**, dem Aufseher der Teeproduktion, ritten sie los ihn zu suchen. Vorausschauend nahmen sie auch sein Pferd wieder mit.

Da es inzwischen dunkel geworden war, kletterte **Patrick** auf einen Baum um dort notfalls zu übernachten. Nach längerer Zeit sah er in der Ferne einen Lichtschein und bemerkte 2 Reiter. Halloo, rief er und nochmals halloo aber keiner bemerkte ihn. Die beiden Reiter ritten bis zur Farm und stellten fest, dass er dort nicht war. Sie beschlossen auf der Farm zu übernachten und am anderen Morgen weiter zu suchen. So blieb **Patrick** nichts anderes übrig, als auf dem Baum zu bleiben. Sowie es am anderen Tag etwas hell wurde, kletterte er hinunter und machte sich auf den Heimweg. Auch **Sam** und **Benefiz** ritten beim ersten Dämmerlicht los. Da **Patrick** ein guter Läufer war, erreichte er die Plantage, bevor die Reiter dort ankamen. Seine Mutter **Judy** und seine Schwester waren froh, ihn unversehrt wieder zu haben. Die beiden Reiter hingegen suchten vergeblich und machten sich große Sorgen. Endlich kehrten sie unverrichteter Dinge wieder heim und fanden den Gesuchten quietschvergnügt vor dem Haus auf einer Bank sitzen. Da fiel ihnen ein Stein vom Herzen und er musste von seinem Unfall berichten. Da sagte sein Vater, dieses **Warzenschwein** hat uns schon öfter Ärger bereitet. Ich fürchte, wir müssen es abschießen. An einem arbeitsfreien Samstag trommelte er die Arbeiter zusammen, Da er ungefähr den Bereich kannte, in dem sich das Tier aufhielt, lud er die Leute auf einen Anhänger, spannte den Traktor davor, nahm sein Gewehr und auf ging es zur Jagd. In der bewussten Gegend angekommen, verteilte er die Leute, die nun mit Holzknüppeln auf alte Eimer und Dosen schlugen und einen Höllenlärm produzierten. Er selber ging in einiger Entfernung vorweg und wartete darauf, dass das Tier aus dem Dickicht heraus kommt. Eine ganze Zeit passierte nichts. Dann plötzlich kam es heraus, stutzte kurz und wollte davon laufen. Aber es war schon zu spät. Mit einem gezielten Schuss streckte **Sam** es nieder. Nun erschienen die Leute und betrachteten das erlegte Tier. Es war ein Prachtexemplar und wog bestimmt 100 Kg. Die Leute sangen ein Lied und tanzten im Kreis darum herum. Dann gab es ein Picknick und anschließend ging die Fahrt zurück zur Plantage.

Sam ließ für den Eigenbedarf einen Schinken heraus schneiden. Das restliche Tier überließ er seinen Leuten, die es am anderen Tag am Spieß brieten. Eines Tages wurde ein Autobus mit Touristen angekündigt, die wollten eine Teeplantage besichtigen. Am Tag der Ankunft kam der Bus auf den Hof gefahren. Die ganze Familie, das heißt die Großeltern **Willem & Sandra Ryke, Sam** mit seiner Frau **Judy** und die beiden Kinder **Patrick & Lititia**, hatte sich aufgestellt, um die Gäste zu begrüßen. Der Reiseleiter stellte den Touristen die Familie vor. Dann erschien **Benefiz**, der Aufseher und führte die Leute herum. Zuerst durch die Teefelder, wo er erklärte, welche Blätter nur gepflückt werden dürfen. Anschließend ging es in die Fabrik und er beschrieb den Produktionsprozess. Als die Gruppe abmarschierte, bemerkte **Sam**, dass zwei Leute im Bus sitzen geblieben waren. Nanu, dachte er, haben die keine Lust oder geht es ihnen vielleicht nicht gut? Also stieg er in den Bus und erlebte eine große Überraschung: Die beiden zurück gebliebenen Leute waren **Patrick** und **Ellen Whiterock** aus London. Das war eine Freude! Wir wollten euch überraschen, sagten die beiden. Er bat sie ins Haus zu kommen, stellte sie seinen Adoptiveltern vor und machte sie mit seinen Kindern bekannt. Es wurde beschlossen, dass sie nicht mit dem Bus zurück fahren, sondern einige Tage auf der Plantage bleiben. Wann fliegt ihr zurück nach England, fragte **Sam**? Heute in einer Woche antwortete **Mr. Whiterock**. Gut, sagte er, solange bleibt ihr bei uns, wir bringen euch dann rechtzeitig zum Flughafen. Nach einem üppigen Abendessen gingen die Kinder auf ihr Zimmer und die Erwachsenen tauschten Erinnerungen von der Londonreise aus. In den darauf folgenden Tagen führte **Sam** sie auf der Plantage herum, zeigte ihnen die Teeproduktion, den Schulraum und fuhr mit ihnen hinaus zur Rinderfarm. Für die Kinder ging der gewohnte Alltag weiter mit Schule Spiel und Sport. Als für die Gäste der Tag der Abreise kam, durften die Kinder mit nach Lilongwe zum Flughafen fahren, das war das erste Mal für die beiden. Es wurde ein herzlicher Abschied und alle versprachen, sich irgendwann wieder zu treffen, entweder in England oder hier in Malawi.

Die Urlaubsreise

Auch bei Privatunterricht auf der Plantage gibt es Ferien. So setzte sich eines Tages **Sam** mit **Judy** zusammen und sie arbeiteten einen Ferien-Reiseplan aus, der ihren Kindern und ihnen selbst einen unvergesslichen **Urlaub** bescheren sollte. Die Plantagenaufsicht sollte in dieser Zeit der frühere Besitzer und Seniorchef **Mr. Ryke** übernehmen. Der erklärte sich auch gern dazu bereit. Als die Eltern ihren Kindern erzählten, was sie vorhatten und wohin es gehen sollte, waren sie vor Freude völlig »aus dem Häuschen«. Noch nie hatten sie eine Reise unternommen! Sie erfuhren dass die Reise im Oktober starten sollte und es ins Ausland geht, mehr nicht. Jetzt ging die Raterei los: Sie nahmen einen Atlas zur Hand und schauten auf die Nachbarländer. Ob wir nach Tansania reisen, fragte **Lititia**? Nee, bestimmt nicht, sagte **Patrick**, da ist es viel zu heiß. Vielleicht geht's ja nach England, mutmaßte er. Hm, meinte sie, könnte möglich sein, wo die Engländer uns doch vor kurzem besucht und eingeladen haben. Dann versuchten sie mit allerhand Tricks aus ihren Eltern etwas heraus zu locken aber vergebens. Bis zum Tag der Abreise stieg die Spannung ungeheuer an. Dann war es endlich soweit. Nachdem sie alles Notwendige eingepackt hatten, stiegen sie eines Morgens ins Auto und fuhren los. Der Vater sagte den beiden immer nur die nächste Etappe. Jetzt fahren wir zuerst nach Süden, über die Grenze nach **Mozambique** war die erste Auskunft. Als sie nach ungefähr 3 Stunden die Grenze passiert hatten, kam eine neue Ansage: Die nächste Station ist **Beira**, das ist eine Hafenstadt, dort werden wir in einem Hotel übernachten. Au fein, sagten die Kinder, noch nie waren sie in einem Hotel gewesen. Gegen Abend kamen sie dort an. Der Vater vereinbarte mit dem Hotelbesitzer, dass er sein Auto für längere Zeit dort abstellen konnte. Die Kinder bekamen das mit und sagten: Wir machen bestimmt eine Schiffsreise. Richtig geraten erwiderte **Sam** aber wohin verrate ich noch nicht. Im Hotel schliefen die Kinder in einem Etagenbett. Du kommst nach oben bestimmte **Patrick** aber seine Schwester befürchtete, dass sie hinaus fiel und weigerte sich.

Na gut, sagte er großzügigerweise, dann gehe ich eben nach oben. Sie fingen wieder an zu raten, wo es hingehen könnte, bis die Eltern riefen »Ruhe jetzt, wir wollen schlafen«. Am nächsten Morgen fuhren sie mit einem Taxi zum Hafen. Dort lag ein weißer Passagierdampfer am Kai. Das ist unser Schiff vermuteten die Kinder und hatten Recht. Sie gingen an Bord und bekamen eine Außenkabine mit 2 normalen Betten und erneut ein Etagenbett. Bitte, lass mich wieder unten schlafen bat **Lititia** und ihr Bruder gewährte es gnädig. Auch die Eltern hatten noch nie eine Schiffsreise gemacht. Daher gingen alle vier erst einmal auf Entdeckungsreise. Was gab es da alles zu sehen: Ein Restaurant, ein Kino, Verkaufsläden, ein Sonnendeck und sogar einen Swimmingpool. Da ertönte die Schiffssirene und der Dampfer setzte sich langsam in Bewegung. Nun lagen 2 Tage Schiffsreise vor ihnen. Die meiste Zeit verbrachten sie auf dem Sonnendeck und im Pool. Einige herumstehende Passagiere staunten nur, wie gut die beiden Kinder schwimmen konnten. Da wurde so manch einer neidisch. Der Dampfer fuhr an der Küste entlang und manchmal konnten sie Land sehen. Von See her wehte eine frische Brise, die Abkühlung brachte und den Aufenthalt an Deck angenehm machte. Morgens, beim Frühstück im Restaurant, waren am Buffet so viele schöne Sachen aufgebaut, die es auf der Plantage nicht gab. So probierten sie all die Köstlichkeiten und der Vater sagte scherzhaft: Passt auf, dass euer Bauch nicht platzt. Dann wollten die Kinder unbedingt ins Kino. Auch die Eltern gingen mit. Es wurde ein Film aus einem Tierpark gezeigt und die Kinder sagten hinterher:

Da möchten wir auch einmal hin und die vielen Tiere in Natur sehen. Die Eltern schmunzelten insgeheim, sie wussten ja, wo es hingeht. Was ist denn unser nächstes Reiseziel fragte **Lititia** und **Patrick** sagte, da wir nach Süden fahren, geht's bestimmt zum Südpol. Nein, sagte der Vater, soweit nicht, unser nächstes Ziel ist **Maputo**, die Hauptstadt von Mozambique, dort gehen wir morgen an Land. Oh, ist die schöne Seereise schon zu Ende beschwerten sich die Kinder. Wartet nur ab was noch kommt, sagte die Mutter. In Maputo angekommen gingen sie, noch im Hafen, zu einem Autoverleiher.

Dort hatte **Sam** ein Auto bestellt Es war ein Kleinbus, in dem sie genug Platz für sich und das Gepäck hatten. Nun fuhren sie los in Richtung südafrikanische Grenze. Nachdem sie den Grenzübergang passiert hatten, hielten sie an und der Vater nahm einen mitgebrachten Straßenatlas zur Hand um sich über die Reiseroute zu informieren. So Kinder sagte er, jetzt könnt ihr unser Hauptreiseziel erfahren: Wir fahren für eine Woche in den weltbekannten **Krüger Nationalpark**. Da sprangen die Kinder auf, umarmten ihre Eltern und waren außer sich vor Freude. Nun aber hingesetzt, befahl der Vater, es geht weiter. Nach ungefähr 50 Km kamen sie an das Eingangstor des Krügerparks. Es waren einige Formalitäten zu erledigen, dann ging's hinein in den Park. Die ersten Tiere, die sie sahen waren Impalas, die heißen auch Schwarzfersen – Antilopen. Nach kurzer Zeit spazierten 2 Giraffen über die Straße und schauten ganz neugierig auf das Auto. Dann waren sie im Camp **Skukuza** angelangt. Ihnen wurden 2 Hütten, so genannte Rondavels, zugewiesen. Die hatten runde Wände und ein Dach aus Stroh. Innen befanden sich 2 Betten, 1 Schrank, ein Waschbecken und im separaten Raum eine Dusche und Toilette. Alles war sehr sauber. Draußen gab es eine Veranda mit einem Tisch, 2 Stühlen, einem Kühlschrank, einer elektrische Kochplatte sowie einem Schrank mit Geschirr und Kochtöpfen. Das Camp enthielt ein Restaurant und einen Einkaufsladen. So konnten sie sich ihr Essen auch selber zubereiten. Nach der ersten Besichtigung verteilte der Vater die Schlafplätze. In einer Hütte schliefen **Sam** und **Patrick** und in der anderen **Judy** mit **Lititia**. Dann wurde das Gepäck ausgepackt. Wir haben Hunger, sagten die Kinder. Also gingen sie ins Geschäft, einkaufen. Der Tag neigte sich langsam dem Ende zu und es wurde dunkel. Sie gingen noch mal nach draußen um den herrlichen Sternenhimmel zu bewundern. Außerhalb des Camps, ganz in der Nähe des Zauns brüllte ein Löwe. Lasst uns hinein gehen riefen die Kinder ganz ängstlich. Das taten sie dann auch und gingen Schlafen. Früh am Morgen, es dämmerte gerade, wurden sie durch das Heulen von Hyänen geweckt.

Dann fingen die vielen Vögel an zu zwitschern und die Natur erwachte. Nach dem Frühstück setzten sie sich ins Auto und fuhren aus dem Camp hinaus zur Wildbeobachtung. Vor dem Tor liefen 2 Hyänen herum. Das waren sicher diejenigen, die so geheult hatten, vermutete der Vater. Nun ging es in die Wildnis auf Sandwegen entlang. Auf einmal kam vor ihnen ein Elefant aus dem Gebüsch hervor. Sofort stoppte **Sam** das Auto und fuhr langsam zurück. Der Elefant verschwand auf der anderen Seite wieder und weiter ging's. Nun sahen sie viele Tiere, Warzenschweine, Kudus,Wasserböcke, auch ein Nashorn konnten sie beobachten. An der Straßenseite lief plötzlich ein Waran entlang, der war zirka einen halben Meter lang. Sie waren wieder eine längere Zeit gefahren und kamen gerade um eine Kurve, als unerwartet eine ganze Elefantenherde vor ihnen auftauchte. Oh Papa, schau mal, rief **Lititia**, die beiden kleinen, sind die nicht niedlich? Sie hatte noch nicht ganz ausgesprochen, da drehte sich eine Kuh zur Seite und kam mit wackelnden Ohren auf das Auto zu. **Sam** wollte schnell zurücksetzen aber oh Schreck, auch hinter ihnen waren Elefanten. Sie waren mitten in eine Herde geraten. Nun kam die Kuh drohend immer näher. **Judy** und die Kinder schrieen vor Angst. Ruhig bleiben sagte **Sam**, nur ruhig. Trotz der Elefanten hinter ihnen fuhr er etwas rückwärts. Als das die Kuh bemerkte, blieb sie stehen, drohte noch einmal mit dem Kopf und lief zur Herde zurück. Nun saßen sie im Auto inmitten der Elefanten aber es passierte weiter nichts. Die Herde wanderte langsam weiter und alle waren froh, das Abenteuer heil überstanden zu haben. An den weiteren Tagen fuhren sie auf vielen Wegen und Straßen durch den Park. Einmal sahen sie einen schwarzen Käfer, der rollte eine Kugel aus Elefantenkot vor sich her. Schau mal Vater, sagte **Patrick**, die Kugel ist ja zehnmal so groß, wie der Käfer, dass der das überhaupt schafft! Das ist ein **Skarabäus**, antwortete **Sam**, in die Kugel legt er seine Eier und später schlüpfen daraus die Jungen. Ein anderes mal sauste plötzlich eine Schlange vor ihnen über die Straße. Das Auto konnte nicht mehr bremsen und so wurde sie totgefahren.

Als sie am letzten Tag durch die Wildnis fuhren, hielten sie vor einem großen Baum an. Im Park auszusteigen ist streng verboten und da sahen sie auf einmal auch warum. Auf dem untersten Ast des Baumes saß ein Leopard und hatte eine kleine Gazelle vor sich liegen. Die Leoparden bringen ihre Beute immer auf einen Baum, um sie vor anderen Raubtieren zu sichern. Das war ein sehr seltener Anblick und ein schöner Abschluss. Dann war der Tag der Abreise gekommen. Als sie den Krügerpark verlassen hatten, fragten die Kinder nach der nächsten Etappe. Jetzt geht es nach Haus sagte ihr Vater. Oooh, machten sie, schoon? Nein sagte er, das war nur ein Scherz, wir fahren nach **Johannesburg** zum Flughafen. Au, prima, riefen sie, das ist das erste Mal, dass wir fliegen aber wohin fliegen wir? Wir fliegen nach Durban, antwortete er, das ist eine Hafenstadt und liegt am Indischen Ozean. So, mehr sage ich nicht dazu. Am Nachmittag kamen sie dort an, stellten ihr Auto beim Verleiher ab. Der Flug nach Durban ging aber erst am anderen Morgen. Also verbrachten sie eine Nacht in einem Hotel direkt am Flughafen. Am anderen Morgen begaben sie sich wieder zum Flughafen und gingen in die Abflughalle. Auf dem Weg dort hin, staunten die Kinder über die Größe des Flughafens. Das war etwas anderes als zu Haus in Lilongwe und wie oft riesengroße Maschinen starteten und landeten. Es war alles sehr aufregend. Dann wurden sie aufgerufen zum Boarding, das heißt einzusteigen. Sie fuhren mit einem Bus bis zum Flugzeug und stiegen eine fahrbare Treppe hinauf. Drinnen wurden ihnen von einer Stewardess die Plätze angewiesen. Sie saßen auf der linken Seite in 2-er Reihe hintereinander. Die Kinder hatten den Fensterplatz. Während des Starts waren beide etwas ängstlich aber als sie dann die Welt von oben sahen kannte die Begeisterung keine Grenzen. Nach ungefähr einer Stunde landeten sie in **Durban**. Sie nahmen ein Taxi und fuhren in ein Hotel. Dieses lag direkt am Meer. Sie bekamen ein Zimmer in der 10.Etage. Das erste Mal in ihrem Leben fuhren sie Fahrstuhl.

Am liebsten wären sie ein paar mal ,rauf und ,runter gefahren aber **Sam** sagte nein! Von Ihrem Zimmerfenster aus konnten sie weit über das Meer blicken. Sie sahen dort viele Schiffe vor Anker liegen, die darauf warteten, in den Hafen einlaufen zu können. Bevor sie das Hotel verließen, fuhren alle vier mit dem Fahrstuhl in die obere Etage. Da war doch wirklich ein Swimmingpool auf dem Dach. Da gehen wir auch noch hinein, sagten die Kinder. Dann fuhren sie ganz nach unten und gingen hinaus, die Sehenswürdigkeiten zu besichtigen. Da gab es ein Schlangenhaus, in dem man beobachten konnte, wie eine Schlange ein totes Küken verspeist. Das Küken war größer als der Kopf der Schlange aber Schlangen können ihren Unterkiefer aushaken, dann passt es hinein. In einem Delphinarium führten die Delphine allerlei Kunststücke vor. Auf der Straße fuhren bunte Rikschas, die von einem Mann mit Federkopfschmuck gezogen wurden. In einem nahen Park konnten sie eine indische Hochzeit beobachten und am Meer sahen sie wie indische Leute getauft wurden, die waren voll bekleidet und jeder wurde einmal unter Wasser getaucht. Am meisten staunten sie über die vielen Surfer, die über die Wellen glitten. In Durban blieben sie 3 Tage und Nächte. Sie besuchten noch den Indischen Markt und den Botanischen Garten. Auch badeten sie einmal oben in dem Swimmingpool auf dem Hoteldach. Als die Kinder erfuhren, dass sie am anderen Tag abreisen, wollten Sie wissen, wie die Reise weitergeht. Wir gehen morgen wieder auf ein Schiff, sagten die Eltern. Die Reise geht nun ihrem Ende zu. Wir fahren zurück nach Mozambique bis Beira wo wir an Land gehen. Ein Taxi brachte sie am anderen Tag zum Hafen. Dort gingen sie an Bord des Dampfers. Es war das gleiche Schiff, das sie in Maputo verlassen hatten. Sie erhielten die gleiche Kabine, die sie auf der Hinreise hatten und an Bord war ihnen noch alles bekannt. Das Schiff benötigte bis Beira 4 Tage und sie genossen noch einmal die Annehmlichkeiten an Bord. Dann war es soweit, das Schiff lief in den Hafen von Beira ein und sie mussten aussteigen.

Wieder Zurück

Sie ließen sich für eine Übernachtung in das Hotel bringen, in dem **Sam** ihr Auto abgestellt hatte. Am anderen Morgen fuhren sie im eigenen Auto zurück nach Malawi auf ihre Teeplantage. Als sie nach langer Fahrt endlich zu Haus ankamen, erwartete sie eine unangenehme Überraschung: Sam's leiblicher Vater, der bei seiner Schwester auf der Farm lebte, war schwer erkrankt. **Sam** sagte, da fahre ich sofort hin, er muss nach Lilongwe ins Krankenhaus.Gleich am anderen Tag fuhr er mit seinem Bruder **Benefiz** los. Auf der Farm seiner Schwester waren alle sehr besorgt und fürchteten, dass er stirbt. Sie packten ihn, mit einigen Kissen versehen, ins Auto und fuhren zurück. **Sam**'s Schwester **Lititia** kam mit ihnen. Sie wollte ihren Vater im Krankenhaus pflegen. Dort angekommen wurde der Patient gleich untersucht. Die Ärzte sagten, es besteht eine Chance zu 50%, dass er überlebt. Lititia blieb bei ihm und die beiden Brüder fuhren zurück zur Plantage und hofften, dass alles noch gut geht. Zu Haus angekommen, gab es weitere Sorgen: Auf der Farm war die **Rinderpest** ausgebrochen. Ein Drittel der Herde war schon tot, der Rest wurde gerade unter **Wonderful**'s Aufsicht geimpft. Während alledem gingen die Kinder wieder zum Unterricht bei ihrer Lehrerin **Jenny**. Jeder der beiden sollte einen Aufsatz über ihre Urlaubserlebnisse schreiben, mindestens 2 Seiten lang. Für **Lititia** war das kein großes Problem. Sie gab einfach einen chronologischen Reisebericht ab. Patrick dagegen tat sich 'mal wieder schwer. Er hatte keine Lust und wäre viel lieber mit seinem Pferd ausgeritten. Als er fertig war, (große Buchstaben und viel Platz zwischen den Zeilen), bezog sich der ganze Text nur auf den Krügerpark und das Flugzeug. Na ja, es war endlich überstanden. Der Unterricht ging weiter, im Moment hauptsächlich mit Mathematik, Biologie und Erdkunde.

Zum Beispiel forderte die Lehrerin, dass sie die Hauptstädte aller afrikanischen Länder auswendig lernen sollten. Aber das Leben bestand nicht nur aus dem Schulunterricht. **Patrick** spielte mit den großen Jungen der Plantage Rugby. Er hatte sich gerade das »Ei« erkämpft und rannte damit auf die Auslinie zu. Wenn er es schaffte, das Ei über die Linie zu bringen, gab es einen Freistoß per Fuß. Der eiförmige Ball musste dann nur zwischen zwei hohen Stangen hindurch geschossen werden, und es gab wichtige Punkte. Er hatte den Ball im Arm und warf sich über die Auslinie. Seine Mitspieler jubelten aber er blieb still liegen. Was war passiert. Hinter der Linie lag ein großer Felsbrocken. Darauf hatte er nicht geachtet und war mit dem Kopf dagegen geprallt. Nun war er besinnungslos. Ein Junge holte sofort die alte Frau, die Naturheilerin herbei. Die tauchte ein bestimmtes Kraut in eine Kanne mit Wasser (beides hatte sie mitgebracht) und legte es ihm auf die Stirn. Nach kurzer Zeit schlug er die Augen auf. Er blieb noch einen Moment liegen, stand dann auf und sagte, weiter geht's. Nein, sagte die Frau, du brauchst jetzt Ruhe, sonst bekommst du Probleme. Damit war das Spiel zu Ende. Er ging zurück nach Haus und legte sich in seinem Zimmer aufs Bett. Während dessen saß **Lititia** in ihrem Zimmer und lernte die »Hauptstädte« auswendig. Mit einem Land hatte sie große Probleme. Die Hauptstadt von Mauretanien, **Nouakchott**, konnte sie einfach nicht behalten. Sie stand auf, ging nach draußen und murmelte immer »Nouakchott, Nouakchott, Nouakchott«. Ihre Mutter, **Judy** kam vorbei und dachte, was ist mit meiner Tochter los, ist sie nicht mehr ganz richtig im Kopf? Was ist mit dir, fragte sie aber die sagte nur immer »Nouakchott, Nouakchott, Nouakchott«. Da rief sie **Sam** herbei und sagte, hör dir das an, sie ist verrückt. Der Vater schüttelte sie am Arm und sagte, hey mein Kind, was ist mit dir. Da hörte sie endlich auf und antwortete, lasst mich in Ruhe, ich lerne gerade eine Stadt auswendig. Die Eltern schauten sich an, stippten sich mit dem Zeigefinger an den Kopf und gingen fort. Mit **Patrick** dagegen geschah ein Wunder.

Obwohl seine Schwester viel besser lernen konnte als er, hatte er alle Hauptstädte ruckzuck gelernt und konnte sie der Reihe nach aufsagen. Nun schaute **Lititia** voller Hochachtung zu ihm auf. Inzwischen erfuhren sie, dass **Sam's** leiblicher Vater im Krankenhaus genesen war und nach Haus konnte. Das nahm er zum Anlass, ihn ein paar Tage auf die Teeplantage zu holen. Die hatte sein Vater noch nie gesehen. Er fuhr also nach Lilongwe und brachte gleichzeitig seine Schwester mit, die den Vater im Krankenhaus gepflegt hatte. Auch sie war noch nie auf der Plantage gewesen. Da die Kinder ihre Großeltern sehr gern hatten, freuten sie sich besonders auf den Besuch. **Patrick** nahm seinen Großvater gleich bei der Hand und zeigte ihm erst einmal die Fabrik. Opa staunte nur, hatte er doch noch nie eine Fabrik gesehen. Funktioniert das alles automatisch, fragte er? Größtenteils, antwortete sein Enkel, es sind nur ein paar Leute zur Überwachung da. **Lititia** dagegen zeigte ihrer Tante, (die ja auch Lititia heißt) die Schulräume und ihr eigenes Zimmer. Du lebst ja hier wie eine Prinzessin, sagte die Tante. Opa und seine Tochter wohnten natürlich in den Gästezimmern. So komfortabel hatte Opa noch nie gewohnt. Zu Haus auf der Farm hatte er mit seiner Frau zwar auch ein eigenes Zimmer mit Dusche und Toilette aber längst nicht so komfortabel wie hier. In den nächsten Tagen zeigte ihnen der älteste Sohn, **Wonderful**, die gesamte Plantage. Später fuhren sie zur Rinderfarm hinaus, wo sie mit dem anderen Sohn, **Benefiz**, das Farmgelände und die Gebäude besichtigten. Als die Zeit für Opa und seine Tochter zu Ende ging, beschloss **Sam**, seinen Vater selber zurück zu bringen und **Judy** und die Kinder mit zu nehmen. Also fuhren sie eines Tages früh am Morgen los und kamen spät abends auf der Farm seines Schwagers an. Der freute sich sehr, seine Frau zurück zu haben und natürlich auch über den Besuch. **Patrick** und **Lititia** waren glücklich, ihre Oma wieder zu sehen. Die Familie blieb einige Tage dort und die Kinder beschäftigten sich in der Zeit hauptsächlich mit den Tieren. Da auch Pferde vorhanden waren konnte **Patrick** des Öfteren ausreiten.

Am 2. Tag war er wieder ausgeritten als das Pferd mit dem Vorderbein in ein Erdloch trat und humpelte. Er stieg ab, untersuchte das Bein und stellte fest, dass er nicht mehr aufsitzen konnte. Nun musste er zu Fuß gehen und das Pferd am Zügel führen. Da er nicht rechtzeitig zu Hause war, machten sich seine Leute Sorgen. Der Farmer schickte einen seiner Leute mit einem Spürhund los, ihn zu suchen. Der Hund nahm die Spur auf und führte den Mann auch zu **Patrick**. Der nahm nun das Pferd des Mannes und ritt zurück, während dieser den Rest der Strecke zu Fuß ging. Nach einigen Tagen war die Zeit um und sie mussten sich verabschieden. Die beiden Kinder konnten sich nur schwer von Oma und Opa trennen. Als sie abfuhren winkten sie noch ein paar mal aus dem Auto bis sie keinen mehr sahen. Nach ungefähr einer Stunde zog plötzlich ein Unwetter herauf. Schwere Wolken waren zu sehen und es blitzte und donnerte. Das hat uns gerade noch gefehlt, sagte **Sam**. Sie überlegten ob sie umkehren sollten, entschlossen sich aber dann doch, weiter zu fahren. Das sollte ein verhängnisvoller Fehler sein. Es fing nach einiger Zeit an zu regnen, wurde immer heftiger und entwickelte sich zum Wolkenbruch. Vor ihnen schlug ein Blitz in einen Baum ein. Der wurde gespalten und die Hälfte fiel quer über die Straße. Sie konnten gerade noch anhalten aber an Weiterfahrt war nicht zu denken, die Straße war versperrt. **Sam** wendete das Auto um nun doch zurück zu fahren. Sie kamen an eine Stelle, wo der Sturm einige Bäume entwurzelt und umgeworfen hatte. Also ging es hier auch nicht weiter, sie saßen in der Falle. Hinzu kam, dass das Wasser auf der Straße immer höher stieg, die Räder standen schon zwei

Drittel unter Wasser. Der heftige Regen ließ dann langsam nach und ging in einen leichten Nieselregen über. **Sam** hatte den Motor abgestellt und sie hatten die Fenster auf der, dem Regen abgewandten Seite etwas geöffnet. Es war sehr warm und feucht im Auto. Mit der Zeit wurde es dunkel und sie mussten die Nacht im Fahrzeug verbringen. Für die Heimreise hatten sie etwas zu essen und Getränke mit genommen. Das wurde inzwischen verzehrt. Dann versuchten sie zu schlafen. Die Nacht war sehr quälerisch.

Am anderen Morgen hatte sich das Wasser verzogen. Die Sonne schien und trocknete alles. So konnten sie wenigstens aussteigen, saßen aber trotzdem noch in der Falle. Was sollten sie tun? Für einen Fußmarsch war es nach beiden Seiten zu weit. Da Lilongwe nicht mehr so fern war, konnten sie nur darauf hoffen, dass die Straße von der Behörde geräumt wurde. Erst am Nachmittag hörten sie von vorn Sägegeräusche. Bald waren die Leute dann auch da und entfernten den umgestürzten, halben Baum. Endlich ging es weiter. Es wurde bald dunkel und sie beschlossen daher in Lilongwe in einem Hotel zu übernachten. Dort angekommen, gingen sie nacheinander unter die Dusche und zogen frische Kleidung an. Dann besuchten sie das Restaurant. Sie hatten mehr als 24 Stunden nichts gegessen und daher einen Mordshunger. Bald darauf legten sie sich schlafen. Am anderen Morgen fuhren sie rechtzeitig los und kamen ohne weitere Störungen zu Hause an. Dort hatte das Unwetter auch gewütet und das Dach einer Scheune abgedeckt. Die Arbeiter der Plantage waren bereits mit Leitern dabei, das Dach wieder instand zu setzen. Die Kinder hatten noch einen Tag frei, dann ging der Schulunterricht wieder los. Eines Tages, die Kinder hatten eine Woche frei, rief **Patrick** ein paar Jungs von der Plantage zusammen. Er sagte, wir wollen eine Wanderung ins Gelände machen, mit Übernachtung in Zelten. Sie waren vier Personen und packten nun allerlei Dinge zum Mitnehmen zusammen. Außer 2 Zelten hatten sie Decken, Beile, Messer, eine Handsäge, Seile, 2 kurze Feldspaten, für jeden eine Batterieleuchte und verschiedene, andere Dinge dabei. Auch Getränke und allerlei zu essen durften nicht fehlen. Das alles wurde in Rucksäcken verstaut, dann marschierten sie los. Nach ungefähr 3 Stunden kamen sie an eine Waldlichtung, wo auch ein kleiner Bach floss. Das ist genau die richtige Stelle sagte **Patrick**. Alles ist gut zu übersehen und das Wasser brauchen wir auch. Der Platz lag direkt neben dem Bach. Zuerst gingen sie mit ihren Beilen und Messern in den Wald und schlugen Stöcke ab, die sie als Zeltstangen brauchten.

Dann steckten sie ihren Zeltplatz ab und gruben ringsherum einen kleinen Graben. Das Wasser des Baches leiteten sie nun oben in den Graben hinein und unten wieder hinaus, zurück in den Bach. So war der Zeltplatz rings herum mit Wasser umgeben. Das war eine schwere Arbeit aber auch erforderlich, denn hier gab es eine Menge Schlangen. Innerhalb dieses Wasserringes schlugen sie die beiden Zelte auf. In dieser Wildnis gab es auch noch andere Tiere, vor denen sie sich schützen mussten. Da waren Erdferkel, Stachelschweine, Warzenschweine, Affen wurden gelegentlich gesehen, Schakale und andere Tiere. Deswegen gingen sie erneut in den Wald, schlugen mit ihren Beilen und der Handsäge Dornenbüsche ab und bauten daraus vor dem Wassergraben eine Hecke auf, wie in einem Kral. Zum Schluss besorgten sie sich noch Kleinholz und machten ein Lagerfeuer an, denn es war bereits dunkel geworden. Sie setzten sich um das Feuer herum und verzehrten einen Teil des mitgebrachten Proviants. Dann wurden die Wachen ausgelost. Jeder musste zwei Stunden »Wache schieben«. Patrick war als erster dran und konnte gleich draußen bleiben, während die anderen schlafen gingen. Da es noch vor Mitternacht war, blieb alles ruhig. Als seine Zeit um war, weckte er den Nächsten und legte sich schlafen. So weckte jeder den Nächsten bis auch die Zeit des letzten um war. Der weckte **Patrick** auf, der noch ziemlich müde war. Ist irgendetwas los gewesen, fragte er? Nur ein paar Eulen und Fledermäuse, sonst nichts, bekam er zur Antwort. Da es draußen noch kalt war machte er wieder ein Feuer an, holte Wasser aus dem Bach und kochte Tee. Nachdem sie gefrühstückt hatten, verschlossen sie die Zelte und sondierten das Gelände in der näheren Umgebung. dabei entdeckten sie einen Kaninchenbau. Da könnte ein schöner Braten für uns drin sein, sagte einer der Jungs. Gute Idee sagten die anderen. Aus den mitgebrachten Seilen konstruierten sie eine Falle. Dann machten sie eine längere Wanderung. Als sie nachmittags zurückkamen, zappelte tatsächlich ein Kaninchen in der Falle. Ein Junge ging hin und tötete das Tier durch einen Schlag mit einem Knüppel ins Genick.

Nachdem sie am Zeltplatz angekommen waren, zog einer von ihnen dem Kaninchen das Fell ab und bereitete es zum Braten vor. Dann zündeten sie ein Feuer an. An beiden Seiten des Feuers wurden 2 Astgabeln aufgestellt. Da hinein legten sie einen etwas dickeren Ast, an dem das Tier befestigt war. Durch gleichmäßiges drehen des Astes wurde das Tier langsam gebraten. Obwohl der Ast noch grün war, fing er mit der Zeit doch an zu brennen und musste erneuert werden. Endlich war der Braten fertig und konnte verzehrt werden. In der nächsten Nacht war Patrick der 2. Wächter. Als er um die beiden Zelte herum ging, hörte er plötzlich ein Grunzen. Er schaute nach und sah ein Warzenschwein, das sich an dem Wassergraben zu schaffen machte. Er nahm einen dicken Knüppel, sprang über die Dornenhecke und verjagte es. Dann kontrollierte er den Graben aber der war noch in Ordnung. Sein Nachfolger im Wachdienst musste nun besonders auf den Graben achten. Beim nächsten Tagesmarsch begegneten sie einer Warzenschweinfamilie. Die liefen nicht etwa davon, sondern der Keiler, mit seinen mächtigen Hauern kam auf sie zu. Der wollte wahrscheinlich nur die Jungen beschützen. Schnell kletterten sie auf die nächsten Bäume. Nachdem die Tiere weiter gezogen waren, setzten auch die vier ihre Wanderung fort. Es ging teilweise über flaches, mit Gras bewachsenes Gelände, teilweise durch den Wald, meistens auf Pfaden, die das Wild getreten hatte. Sie hatten ihre Messer dabei und jeder einen dicken Knüppel, wegen der Schlangen. Da die Schlangen normalerweise vor den Menschen flüchten, klopften sie gelegentlich gegen Büsche oder auf höheres Gras. Auf ihrer Wanderung sahen sie zwei Hornraben (schwarz mit rotem Schnabel), einen Sekretär Vogel (mit langen Beinen, kann nicht fliegen), und eine kleine Antilopenherde. **Patrick** machte die drei Jungen auch auf die verschiedenen Pflanzen aufmerksam und erklärte ihre Heilwirkung. Als sie zurück bei den Zelten waren, beschlossen sie am nächsten Tag den Rückweg anzutreten. Jeder hatte noch einmal Nachtwache. Am anderen Morgen bauten sie die Zelte ab, packten alles in ihre Rucksäcke und es ging heimwärts.

Als sie in die Nähe der Plantage kamen, sahen sie in der Ferne schwarze Rauchwolken aufsteigen. Au wei, sagte **Patrick**, da brennt der Wald. So war es auch und sie rannten schnell den Rest des Weges nach Haus. Die Männer waren mit langen Wasserschläuchen dabei zu löschen aber es half nicht viel. Da der Wald auf der einen Seite der Plantage ziemlich dicht an die Gebäude heran reichte, hatte **Sam** einen Hubschrauber angefordert. Der hatte unter sich, an einem Seil einen runden Behälter hängen. Mit dem flog er zum nahen See, füllte ihn mit Wasser, flog zurück und leerte ihn über dem Feuer . Das machte er fast den ganzen Tag, bis endlich der Brand gelöscht war. Am Abend mussten zwei Männer am Wald Wache halten und darauf achten, dass sich das Feuer nicht wieder entzündete. Während der Zeit, da ihr Bruder zelten war, beschäftigte sich **Lititia** auf ihre Weise. Sie war oft bei der alten Kräuterfrau um mehr über die Heilpflanzen zu lernen. Auch der Köchin schaute sie ab und zu über die Schulter, denn die Essenzubereitung interessierte sie. Alles was sie da so sah und lernte schrieb sie in ein kleines Büchlein, um nichts zu vergessen. Als die freie Woche um war, ging der Schulunterricht weiter. **Patrick** war inzwischen so weit, dass er auf die höhere Schule musste. Das ist die so genannte »**Secondary School**«, beginnt mit dem neunten Schuljahr und befindet sich in der Hauptstadt Lilongwe. Da **Lititia** immer gemeinsam mit ihrem Bruder unterrichtet wurde, besaß sie das gleiche Wissen. Obwohl sie ein Jahr jünger war entschieden die Eltern, sie beide auf die Secondary School zu schicken. Ihre Eltern hatten Freunde in der Stadt bei denen sie wohnen konnten und die sie auch bei den Schulaufgaben beaufsichtigten. So wurden sie immer montags in die Stadt gebracht und freitags wieder abgeholt. Das ging dann vier Jahre so. Am Ende des zwölften Schuljahres stand die Abschlussprüfung, die so genannte »**Matrix**«. **Patrick** bestand die Prüfung mit **5**, das bedeutet »gut« und **Lititia**, die fleißige, mit **6**, das ist »sehr gut«. Sie waren beide nun 18 und 17 Jahre alt und sollten und wollten auch studieren. **Patrick** entschied sich für »**Agrarwissenschaft**«, da er später einmal die Plantage und die Rinderfarm leiten sollte.

Die Universität war in **Zomba**, im Süden des Landes. **Lititia** dagegen wollte **Ärztin** werden. Sie entschied sich in England zu studieren. Die Eltern hatten Kontakt mit ihren englischen Bekannten **Mr.& Mrs. Whiterock** in London aufgenommen. Bei denen konnte sie wohnen. So vergingen die Jahre. Als **Patrick** sein Studium beendet hatte, arbeitete er auf verschiedenen Teeplantagen und Rinderfarmen im Lande, um sein praktisches Wissen zu verbessern. Später teilte er sich die Leitung der Plantage mit seinem Vater **Sam**. **Lititia** war nach Abschluss ihres Studiums noch zwei Jahre in einer Londoner Klinik als Assistenzärztin tätig. Dann kam sie zurück nach Malawi und eröffnete in Lilongwe eine Praxis für Allgemeinmedizin. So waren nun auch die Kinder von **Sam & Judy** erwachsen und selbständig. Später heirateten sie, bekamen selber Kinder und es wuchs eine weitere Generation heran.

ENDE

Dieser Roman spielt hauptsächlich in **Malawi**, einem Land im Südwestlichen Afrika, umschlossen von den Ländern Tanzania, Zambia und Mozambique. Aus dem ehemaligen britischen Protektorat **Nyasaland** wurde Malawi 1964 in die Unabhängigkeit entlassen. Die Hauptstadt Lilongwe liegt im südlicheren Teil des Landes. Das Land hat eine Länge von ca. 835 Km und eine Breite von ca. 80 Km an der schmalsten und 160 Km an der breitesten Stelle. Zirka drei Viertel des Landes liegt am Malawi See, in dessen Mitte die Grenze zu Mozambique verläuft.